Cuentos y +
Cantinelas · acertijos · actividades

¡No me da miedo!

10 historias escalofriantes

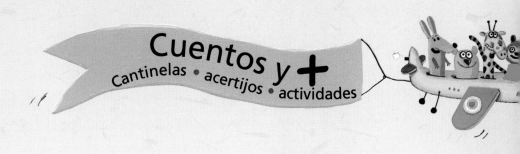

Cuentos y +

Cantinelas • acertijos • actividades

¡No me da miedo!

10 historias escalofriantes

pirueta

Índice

JULIETTE SAUMANDE

¡Dame un

Por la mañana, Fígaro es el primero en levantarse.
Abre un ojo, luego dos.
Estira un ala, luego dos.
Se sube al tejado, ¡un dos, un dos!
Y cuando ya está arriba, abre una boca ¡tan grande
que cabría un dinosaurio en su interior!
Y grita:

¡Ki ki ri kííííí!

—¡Arriba, dormilones!
¡Ya está cantando el gallo!

¡En pie todo el mundo!

6

ILUSTRACIONES DE DOROTHÉE JOST

susto!

Entonces todos se levantan:
el sol es el primero,
le siguen las gallinas en el gallinero,
y el granjero, que estaba
en el mejor de sus sueños.

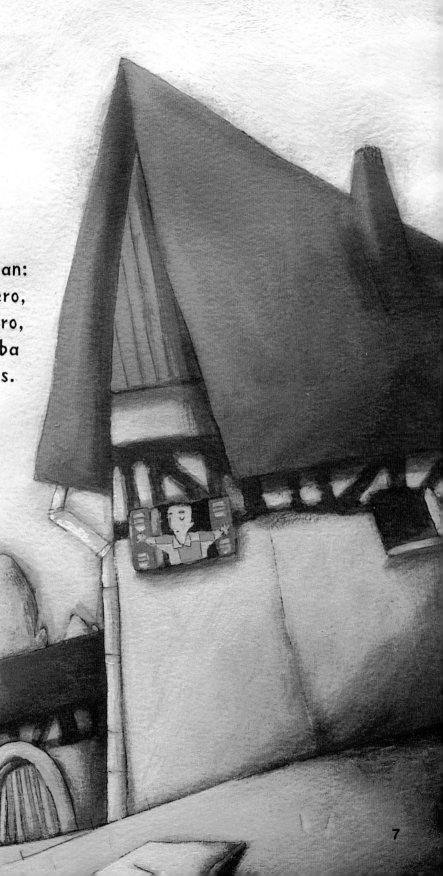

Esta mañana, sin embargo, se oye un hip:
Fígaro tiene hipo y cunde el pánico.
    —¡Ki ki rhi póóóóó! ¡Arrhipo dormhipones!
El sol no sabe si debe salir,
    las gallinas se vuelven a acostar
    y el granjero tiene un mal despertar.
        —¡Menudo gallito estás hecho!
            —dice—. ¡Deja de hacer este
                ruido tan memo! ¿Hay algo
                    más tontorrón que un gallo
                cantando Ki ki rhi póóóó?
                        ¡Ya basta! ¡Esto
                        es demasiado!

Fígaro reflexiona:
«¿Cómo librarse de este hipo maldhipo?
¿La respiración mantener?
¿Por la nariz un vaso de agua beber?
¿Debajo de las alas cosquillas hacer?
¡No hay remedio!
¡Este hipo es un fastidio!

Vamos a ver.
    Si me dan un susto,
        de una vez
            terminaré
                con este hipo
                    morrocotudo.
Al lobo visitaré
Y un gran susto le pediré».

9

El lobo vive en un bosque
muy frondoso,
y sólo con ver su casa
da miedo. De telarañas
está todo cubierto
y huele a podrido
del sótano al altillo.

—Buenos días, caballero, hip,
querría pedirle un favor, hip.
Deme un susto
bien augusto.
—¡No hay problema,
colega!

Y el lobo abre unas fauces alarmantes

(¡tan inmensas que cabría un elefante!)

con diez mil dientes puntiagudos y sin duda muy cortantes.

Pero, de nada ha servido,
pues no le ha quitado el hipo.
—Si esto no funciona, no puedo
ayudarte—dice el lobo muy
tajante. Y añade—:
¡Hip!

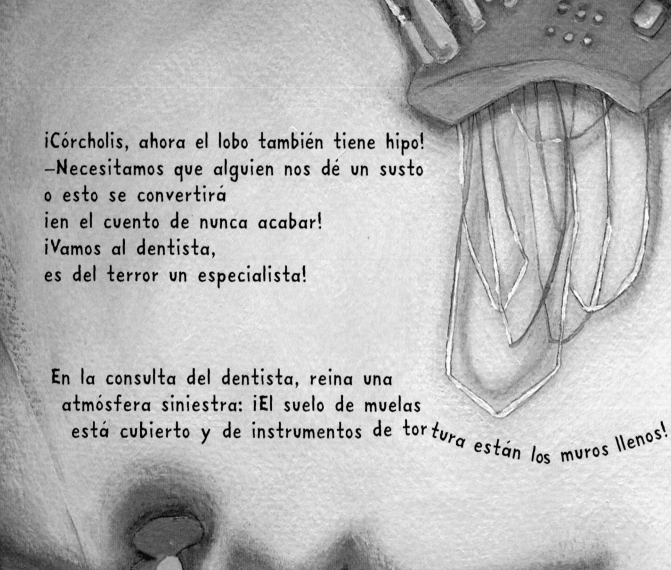

¡Córcholis, ahora el lobo también tiene hipo!
—Necesitamos que alguien nos dé un susto
o esto se convertirá
¡en el cuento de nunca acabar!
¡Vamos al dentista,
es del terror un especialista!

En la consulta del dentista, reina una
atmósfera siniestra: ¡El suelo de muelas
está cubierto y de instrumentos de tortura están los muros llenos!

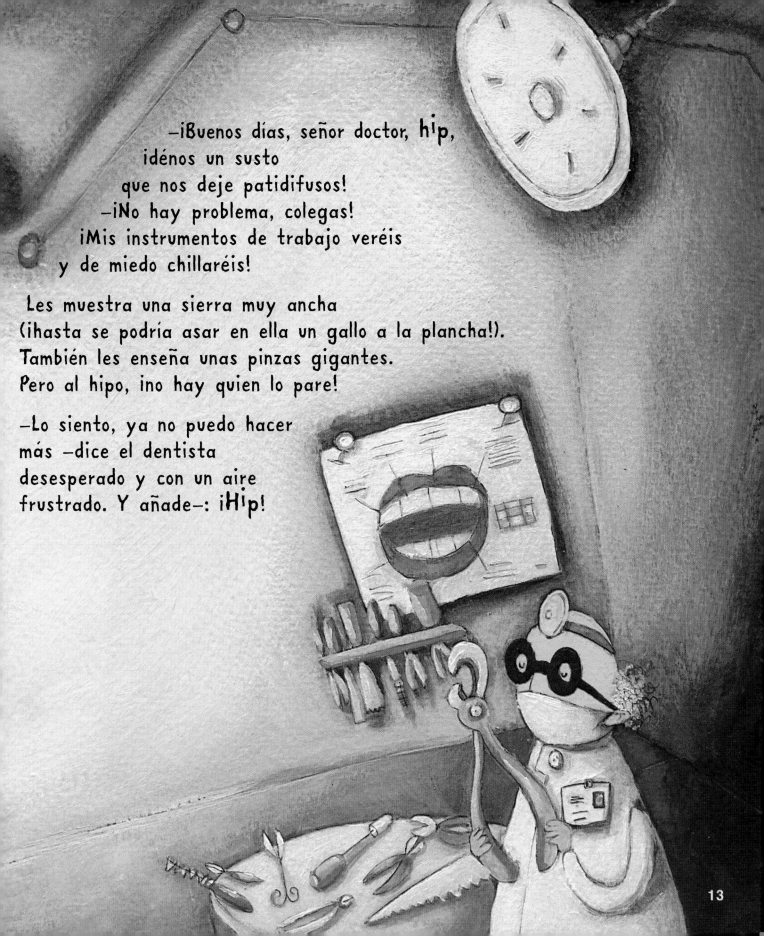

—¡Buenos días, señor doctor, h¡p,
    idénos un susto
    que nos deje patidifusos!
    —¡No hay problema, colegas!
    ¡Mis instrumentos de trabajo veréis
    y de miedo chillaréis!

Les muestra una sierra muy ancha
(¡hasta se podría asar en ella un gallo a la plancha!).
También les enseña unas pinzas gigantes.
Pero al hipo, ¡no hay quien lo pare!

—Lo siento, ya no puedo hacer
más —dice el dentista
desesperado y con un aire
frustrado. Y añade—: ¡H¡p!

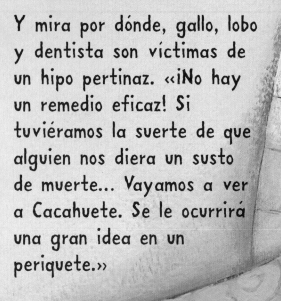

Y mira por dónde, gallo, lobo
y dentista son víctimas de
un hipo pertinaz. «¡No hay
un remedio eficaz! Si
tuviéramos la suerte de que
alguien nos diera un susto
de muerte... Vayamos a ver
a Cacahuete. Se le ocurrirá
una gran idea en un
periquete.»

La vecina es espantosa.

y está como un elefante de gorda.

Sus cabellos son de color lila y tiene

miles de granos sobre la naricilla.

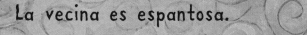

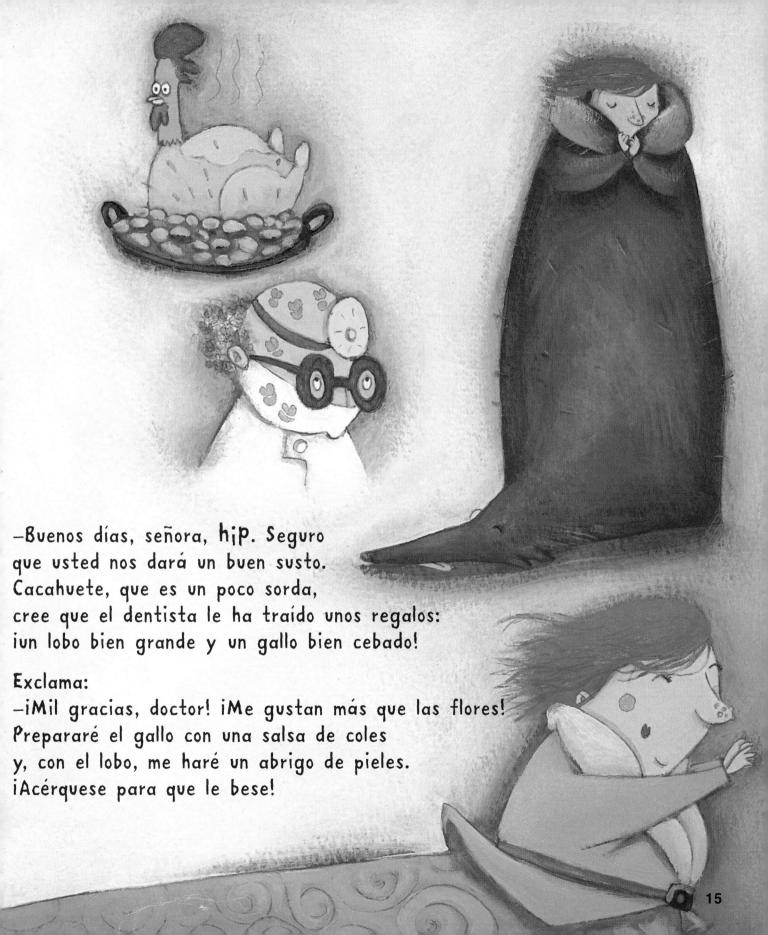

—Buenos días, señora, hip. Seguro
que usted nos dará un buen susto.
Cacahuete, que es un poco sorda,
cree que el dentista le ha traído unos regalos:
¡un lobo bien grande y un gallo bien cebado!

Exclama:
—¡Mil gracias, doctor! ¡Me gustan más que las flores!
Prepararé el gallo con una salsa de coles
y, con el lobo, me haré un abrigo de pieles.
¡Acérquese para que le bese!

Acabar en la cocina de Cacahuete... ¡A Fígaro le da un patatús!
¡Qué tragedia! Lanza un gran grito:
—¡AAAAAAAAAAAAAAAAAAAAAH!
¡Fantástico, adiós a los HIPos! Y se marcha corriendo.

Al lobo le castañetean los dientes.
¡Tiembla desde el morro hasta la cola!
¡Ni hablar, servir de abrigo a este callo!
—¡AUUUUUUUUUUUUUUUUUUUUUUUUUUUU! —aúlla.
¡Se ha curado!

Galopando, sigue al gallo.
También el dentista sale pitando,
pues la horrible Cacahuete iquiere besarlo!
—¡Uf! Se me fue el hipo —es todo cuanto dice.

Cacahuete se enfurruña:
—¡Mis regalos se dan a la fuga!

Así que se lanza detrás del dentista,
del lobo y del gallo que han salido en estampida.
Ya han dado una vuelta al continente africano,
también al americano y por lo que me han
contado, todavía no han parado... ¡hip!

Cuando los gallos tengan dientes

«Abre bien la boca y cierra los ojos,
te haré dentro de poco
un agujero o tal vez ocho.»
Fígaro, a su vez, cierra la boca y abre bien los ojos:
¡este dentista debe de estar loco!

«Sonríe y di: Aaaaaaaaaaaah.
No te dolerá, ya verás,
sólo te haré un agujerito aquí o allá».
Pero Fígaro hace una mueca y refunfuña.
El dentista sostiene una sierra y una aguja.
¡Qué miedo me da esta cura!

«¡Enséñame dientes, muelas y colmillos
o te haré cosquillas en el pico!»
¿Cosquillas?
 ¡A esto no hay quien se resista!
        Y, como un hipopótamo, abre la boquita.

        —¡Caramba! —grita el dentista—.
        ¡No hay dientes a la vista!

18

Los sueños de Cacahuete

Por la noche, Cacahuete sueña en su cama.
«¡Ah!, ¡Ojalá a un príncipe azul
yo encontrara
que la comida me preparara
y la ropa cantando me planchara!»

Por la mañana, Cacahuete sueña en la bañera.
«¡Ah!, ¡Ojalá en la nariz
mil granos no tuviera
y del cine una estrella fuera
o en diva de la ópera me convirtiera!»

Por la tarde, Cacahuete sueña bajo la tormenta.
«¡Ah!, ¡Ojalá fuera reina del planeta,
comería caramelos de menta
y bombones por docenas!»

Al anochecer, Cacahuete sueña en la oscuridad.
«¡Ah!, ¡Ojalá dejara de soñar,
pudiera dormir… y ponerme a roncar!»

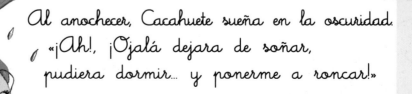

19

¡Qué pánHIPO!

Devuelve a cada personaje su propia casa.

1.

2.

3.

a.

b.

c.

En el cuento, el lobo, el gallo y el dentista empiezan a tener hipo en momentos distintos...

pero ¿en qué orden?

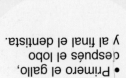

Respuestas:

- 1c; 2b; 3a.
- Primero el gallo, después el lobo y al final el dentista.

El gallo no para de correr, pero ¿cuántas veces ha dado la vuelta al mundo?

El lobo y el gallo se han escondido para que Cacahuete no los vea.

¿Los ves tú?

Respuestas:
• El lobo ha dado siete veces la vuelta al mundo.
• El lobo está detrás del primer árbol y el gallo está en la regadera.

21

Kikirihuevera

Material

- papel de calco • lápiz • gomaespuma de colores
- unas tijeras de punta roma y otras con punta
- cola sin disolvente • cola blanca • ojos móviles
- envase pequeño de yogur
- grapadora • velcro (véanse los patrones de la p. 188)

3 Pega los ojos móviles. Espera a que se seque todo.

1 Calca y reproduce los patrones del gallo en las piezas de gomaespuma. Recórtalos.

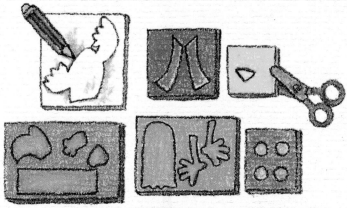

2 Junta y pega todas las partes de Fígaro.

4 Con ayuda de un adulto, recorta la parte superior del envase de yogur. Recubre el yogur-huevera con la cinta de gomaespuma roja y sujétala con la grapadora.

5 Pega un trozo de velcro en el gallo y otro en la gomaespuma del yogur-huevera. Para no manchar este estupendo Fígaro, puedes despegarlo de la huevera mientras estés comiéndote el huevo duro.

STÉPHANIE TESSON

Canguelín y Fanfarrón

ILUSTRACIONES DE THIERRY LAVAL

Érase una vez un fantasmita
que a todo le tenía miedo.
Le asustaba cualquier ruido
y temblaba como un flan
en cuanto oía el menor grito.
Le daba miedo el fuego, pues una simple llamita era para él todo
un incendio. Le daba miedo el agua, pues cuando no sabes nadar,
al mar no te debes lanzar.

24

Le daba miedo comer,
pues hasta el mejor caramelo
puede contener veneno.
Le daba miedo abrir la ventana,
pues temía que un ladrón entrara
al volverse de espaldas.
Le daba miedo querer,
pues el corazón se puede romper
el día que a alguien lo des.

Resumiendo:
este pobre fantasmita
le tenía miedo a la vida.

25

Le habían puesto el nombre de Canguelín.
Se había refugiado en la mazmorra abandonada
de un viejo castillo en ruinas.
Sus días transcurrían sin sobresaltos
y como nadie de su existencia sabía,
¡rodeado de paz y tranquilidad vivía!

De estar tanto tiempo sin salir y de quedarse
encerrado a oscuras y en silencio, Canguelín
estaba tan pálido como la luna en los días
de lluvia y era más ligero que una nube.

La única presencia que soportaba en su solitaria
mazmorra era la de una araña. Ésta, lejos de
darle miedo, sólo le daba alegrías. Le tejía unas
telas muy bonitas, con las que el fantasmita
decoraba las grandes paredes desnudas.

Esta situación podría haber durado
una eternidad, pues, como ya
sabéis, la eternidad es para
los fantasmas un segundo;
pero un día...

Un día, el caballero Fanfarrón
iba montado en un brioso corcel persiguiendo
un grupo de ocas espantadas,
cuando se topó con un castillo en ruinas.
Dejándose llevar por su valor,
Fanfarrón desmontó
y penetró en el castillo.

Silbaba una alegre melodía,
como para demostrar
que no tenía miedo de nada.

¡Y es que no tenía miedo de nada!
Si un lobo aullaba en el bosque, Fanfarrón le respondía con una canción.
Si un bandido agitaba un reluciente cuchillo, Fanfarrón respondía con una
hermosa sonrisa. Y si en una espantosa tormenta asomaban los rayos,
Fanfarrón los atrapaba con un lazo. Su valor no tenía comparación.

Se hallaba pues explorando tranquilamente el castillo, cuando descubrió una puertecita en medio de un muro de piedra.
Llevado por su valor, Fanfarrón intentó abrirla
para ver qué había detrás.

Detrás, como habréis adivinado, había un fantasmita al que
le castañeteaban los dientes.
—¡Ah! ¡Ah! ¡Bruja pirula, malvado dragón!
¡Dejad que os vea el audaz Fanfarrón!
Aterrorizado, Canguelín se escondió
bajo una de las telarañas,
y cuando la puerta se abrió...
¡Aaaaaaaaaah!

¿Quién se asustó más, el fantasma miedoso o el caballero valeroso?
¡A ver si lo adivináis!
Pues bien, fue Fanfarrón.

Con los pelos de punta se desmayó
de miedo en brazos de Canguelín.

—¡Eh, señor!, ¡señor!
—susurraba tímidamente el fantasmita al caballero desvanecido.
Ni una respuesta...
El corazón de Canguelín resonaba como un tamboril. ¿Qué podía hacer?

—Ve a buscar un poco de agua al pozo
para refrescarle la cara.

Esto le dijo la araña.
Canguelín siguió su consejo.
Se atrevió a sacar un pie de su casa,
luego el otro, luego la nariz...
¡Y no le pasó nada!

Sigilosamente al pozo se acercó sin
dejar de mirar a su alrededor. Saltaba
en cuanto un poco de viento soplaba.
Siempre atento al menor sonido,
de agua llenó un cubito.

—¡Bravo, Canguelín! —exclamó la araña—.
¡Ahora échale el agua por la cara!

El fantasmita derramó el contenido del
cubo sobre el rostro de Fanfarrón,
quien se agitó, tosió, escupió,
abrió los ojos y...

—¡Aaaaaaaaaaaah!

—¿Quién... quién es usted?
—balbuceó.
—Soy Canguelín.
—¿Usted... usted es un fantasma?
—Sí. ¡Y ésta es mi amiga la araña!

—¡Aaaaaaaaaaaaah!

El caballero volvió a gritar de miedo.
Entonces, Canguelín estalló en carcajadas
y la araña agitó las patas.
    —¿Le damos miedo?
    Herido en su orgullo, Fanfarrón replicó:
    —¡Que quede claro que no le tengo miedo a nada!

Y, dejándose llevar por su valor,
puso pies en polvorosa
y desapareció sin decir adiós.

A partir de ese día,
Canguelín suele salir
a pasear por el bosque
en compañía de la araña.

Encienden una hoguera, nadan
por los riachuelos, comen bayas
coloradas, escuchan el canto
de los pájaros y, cuando
anochece, se duermen con la
ventana abierta a la luna,
a la que han entregado
su corazón.

35

¡Monstruos!

¡Las arañas son seres escalofriantes!
Con tantas patas por detrás y por delante,
con esos cuerpecillos peludos,
con esos cuerpecillos robustos,
con esas cabecitas en las que no se ven ojos
y esos andares tan silenciosos.

En sus blandas telas,
las moscas se pegan.
Las arañas cuelgan, esperan.
Y cuando llega la noche,
la noche muy negra,
sus escondites dejan.

Cantinelas

Tienen un trote
torpe.
Para la luciérnaga
son una lata.
Y aunque nunca están tranquilas
y siempre están listas para la huida,
cuando de la nada de pronto asoma,
la sombra de una bota...
¡Ya es demasiado tarde!

Canguelín debe ir a buscar agua al pozo, pero tiene miedo...

Ayúdale a encontrar el camino.

Fanfarrón está persiguiendo a esta familia de ocas. Unos forasteros, sin embargo, se han introducido en el grupo.

¿Sabes quiénes son?

 a.
 b.
 c.

 d.
 e.
 f.

Por la noche, Canguelín contempla cómo crece y decrece la luna.

Ordena correctamente las imágenes.

Canguelín penetra en el bosque y se encuentra con muchos animales.

¿Cuáles son los que no pueden vivir en el bosque?

Respuestas:
• c : b ; f ; d ; e ; a.
• El león marino, el cocodrilo y el pelícano no viven en el bosque.

Cangueluuuuuuuuh!

Material
- unas tijeras de punta roma y otras con punta
- lápiz • cartón • cola blanca • pintura • pincel
- alambre • pinzas • hilo de coser (véanse los patrones de la p. 189)

3 Pinta todos los elementos. Espera a que se sequen.

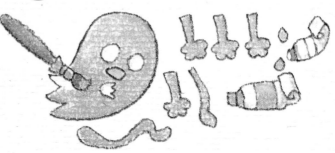

1 Fotocopia los patrones del fantasma y recórtalos. Colócalos sobre el cartón y traza el contorno con un lápiz. Dibuja las pupilas y la nariz.

2 Recorta las piezas de cartón. Con ayuda de un adulto, vacía los ojos y la boca. Pega la nariz.

4 Pide a un adulto que haga unos agujeros con la punta de las tijeras para colgar las extremidades y las pupilas. Pasa por los agujeros unos trocitos de alambre y sujeta las extremidades al cuerpo retorciendo el alambre.

5 Con el hilo de coser, une las pupilas y cuelga el móvil.

Lobisón tiene miedo del lobo

NATHALIE FILLION, CON ILUSTRACIONES DE ANNA LAURA CANTONE

Lobisón es un lobo, un lobito pequeño que nació cuando cayó la última lluvia, pequeñito, gris, gris lobo, como todos los lobos. Y Lobisón tiene miedo de todo. Por la noche, en su guarida, cuando su madre lobo le apaga la luz, Lobisón aúlla desesperado:

—¡AUUUUUU, mamá! Está demasiado oscuro. Tendré pesadillas.

—Pero Lobisón, tú eres un lobo. ¿Qué es lo que te sucede? Los lobos no tienen miedo de la oscuridad.

—Yo sí —gime Lobisón—. Por la noche hay un ojo grande que me espía.

—Es la luna, Lobisón. Cuida de nosotros. Nada más.

—Auuuuuu... —solloza Lobisón—, hay más, AUUUUUU...

Unos monstruos negros aparecen bailando en la puerta del armario.

42

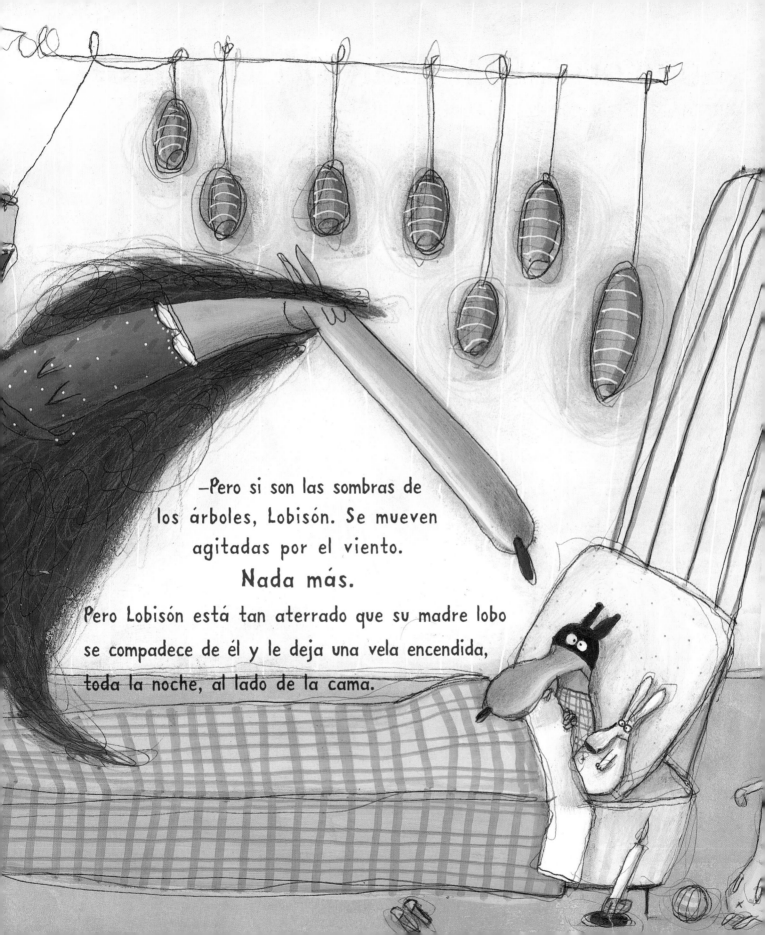

—Pero si son las sombras de
los árboles, Lobisón. Se mueven
agitadas por el viento.
Nada más.
Pero Lobisón está tan aterrado que su madre lobo
se compadece de él y le deja una vela encendida,
toda la noche, al lado de la cama.

A la mañana siguiente, medio dormido todavía, Lobisón abre la boca y hace un gran bostezo: «¡Auuuuuu!...».
Se asusta a sí mismo.

—¡Auuuuuu, socorro, mamá!

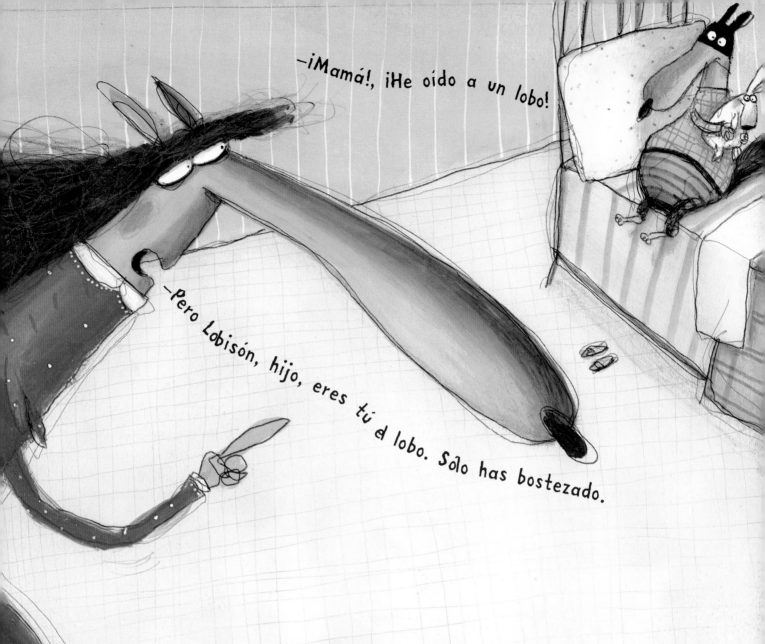

—¡Mamá!, ¡He oído a un lobo!

—Pero Lobisón, hijo, eres tú el lobo. Solo has bostezado.

Pero ¿qué sucede aquí? ¡Un lobo que tiene miedo de todo!
Esto es demasiado. Sal de la cama y ve a pasear por el bosque.
Vas a ver cuántos hay que te tienen miedo.

Y Lobisón, pegado a su madre,
da sus primeros pasos fuera
de su guarida.
—¿Quién me
tiene miedo,
mamá?
—pregunta
Lobisón
tembloroso.

—Pues todo el mundo,
Lobisón. Todos los niños
del mundo tienen
miedo del lobo.
—Pero ¿dónde están
esos niños, mamá?
Yo no veo a nadie.

—Pues precisamente se han escondido.
Saben que estás en el bosque.
—Pero ¿por qué me tienen miedo?
—Porque eres un lobo, Lobisón. Eso es todo. Punto.

Y Lobisón y su madre llegan al río.

—Ahora, Lobisón —dice la madre lobo—,
mírame y haz lo mismo que yo.

Y Lobisón, como su madre,
arruga el hocico
y enseña los
colmillos
al tiempo
que gruñe.

48

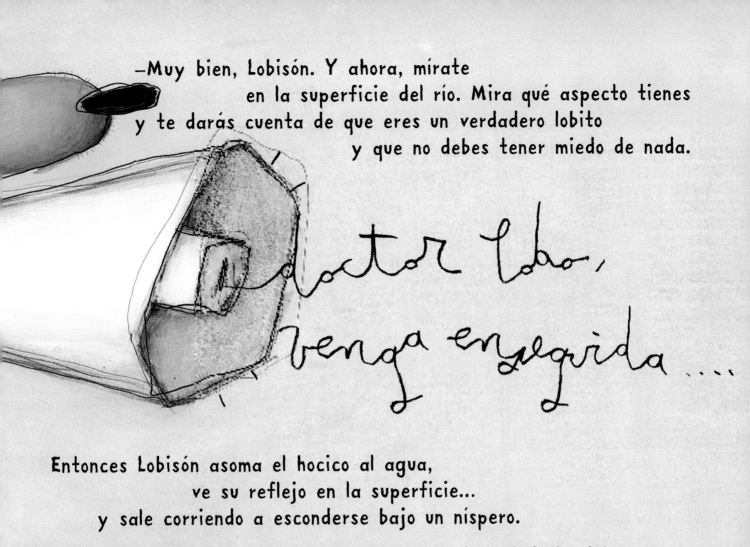

—Muy bien, Lobisón. Y ahora, mírate
en la superficie del río. Mira qué aspecto tienes
y te darás cuenta de que eres un verdadero lobito
y que no debes tener miedo de nada.

doctor lobo, venga enseguida...

Entonces Lobisón asoma el hocico al agua,
ve su reflejo en la superficie...
y sale corriendo a esconderse bajo un níspero.

«Bueno —piensa la madre lobo—, que a un lobo le den miedo los lobos no es
normal. Sólo se me ocurre una solución.»
—Auuuuuu... Doctor Lobo, venga enseguida —aúlla la
madre lobo—. A mi lobito le dan miedo los lobos, auuu...

En un abrir y cerrar de ojos, brincando a través del bosque, llega un gran lobo con gafas. Es un lobo anciano y sabio, con un bonito botiquín. Se acerca a Lobisón, que está temblando, le sonríe amablemente, mostrándole una bella dentadura, y le dice:

—A ver, Lobisón, ¿de qué tienes miedo?

—De todo —contesta Lobisón—. Hasta de usted.

—Es normal —responde el doctor Lobo—, un lobo pequeñito tiene miedo de todo.

No sabe cómo es el mundo.

No comprende todas las cosas que ve.

Cree que la luna es un ojo y que hay monstruos bailando en la oscuridad. ¿Verdad, Lobisón?

—Auuuuuu —responde Lobisón.

—Yo era como tú, Lobisón. Cuando era un lobit...

—Pero ¿qué debo hacer, doctor? —se lamenta la madre lobo.

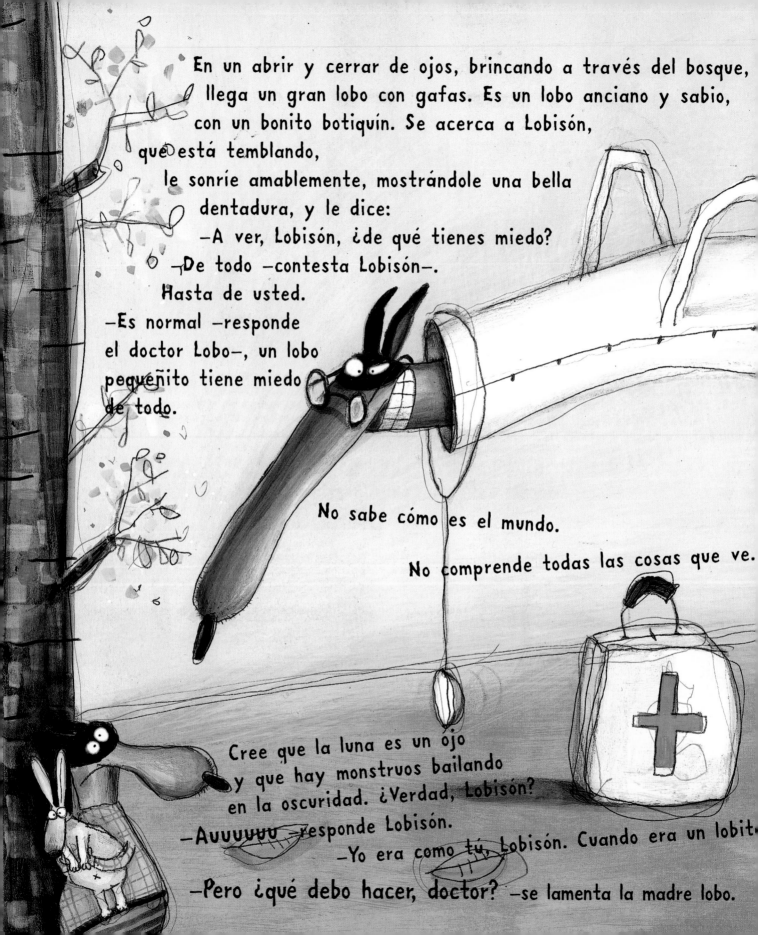

El doctor Lobo abre su botiquín y saca de ahí unos bonitos libros ilustrados con muchos colores, y se los da a la madre lobo.

—Todas las noches, antes de dormir, léale estos cuentos. Tratan de lobos y caperucitas rojas, historias de niños que tienen miedo del lobo. Ya verá, palabra de doctor Lobo, cuando llegue a la última página, Lobisón cerrará los ojos y se dormirá como un tronco.

Y desde ese día, todas las noches, mamá lobo lee cuentos a su pequeño.

Cuentos que tratan de todo y que cuentan cómo es el mundo.

Lobisón, entonces, se duerme como un tronco.

Pero los cuentos
preferidos de Lobisón
son los que le hacen reír
en sueños, historias
de niños
que tienen
miedo
del lobo.

Los lobitos

Vayamos al bosque a pasear
ahora que los niños no están.
Si allí estuvieran,
a nuestro alrededor harían una rueda.
«Auuuuuu —cantarían al dar vueltas—,
ya hemos crecido
y de vosotros miedo no sentimos.»

Por la noche

¿Qué ves por la noche?
La luna que brilla como un broche.
¿Qué ves en la habitación oscura?
Sombras que en el armario se dibujan.
¿Quién duerme junto a ti?
Un hocico gris.
No tengas miedo, no,
es de Lobisón.
Auuuuuuu...
El lobito que le tiene miedo a todo.

Señala los objetos que se pueden encontrar en el botiquín del doctor Lobo.

Lobisón se ha perdido en el bosque.

Ayúdale a llegar a su guarida.

Respuestas:
• f (vendas); g (jeringuilla); l (estetoscopio).
• Para llegar a su guarida debe tomar el camino a.

El doctor Lobo ha dado sus libros a Lobisón.

Ordénalos del más pequeño al más grande.

a. b. c. d. e.

Lobisón se está mirando en el espejo.

¿Qué diferencias encuentras entre el lobito y su reflejo?

Respuestas:
• De pequeño a grande, el orden es: b, d, e, c y a.
• Los ojos, la sonrisa, los brazos y el jersey.

57

¡Que viene el lobo!

Material

- un envase de plástico de un refresco • arena
- papel de aluminio • lápiz • cartón
- gomaespuma negra espesa • tijeras
- cinta adhesiva de tela • vendas enyesadas
- pintura • pincel • cola • rotulador negro
- bolas de poliestireno (véanse los patrones de p. 189)

1 Llena la botella de arena. Esculpe la cabeza del lobo con el papel de aluminio. Fotocopia los patrones. Reproduce el patrón de las orejas, los brazos y las piernas en el cartón, y el del rabo en la gomaespuma. Recorta todos los elementos.

2 Con la cinta adhesiva, sujeta los brazos y las piernas detrás de la botella. Sujeta las orejas a la cabeza y la cabeza al cuello de la botella.

3 Recorta unos trozos de cinta enyesada. Mójalos, aplícalos sobre la cabeza del lobo alisándolos bien. Espera a que se sequen.

4 Pinta el lobo. Espera a que esté seco. Para hacer los ojos, pinta las pupilas con el rotulador negro en las bolas de poliestireno. Pega las bolas.

5 Pega el rabo. Espera a que se seque.

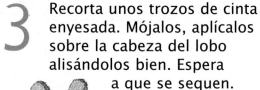

Y si contáramos que...

CLAUDINE AUBRUN
ILUSTRACIONES DE ARTHUS

Este viernes, por la noche,
Alicia duerme en casa
de Pedro. ¡Aquí está!
El niño enseguida le dice:

—¡Tengo que contarte
una historia terrible!
Alicia lo mira con una
piruleta en la boca.
—El viernes pasado, llegó un hombre
a casa de mi nuevo vecino...
—empieza Pedro.
—¿Y qué tiene esto de terrible?
—Primero oí unos ruidos muy raros y después,
en medio de la noche, lo vi.

Llevaba un cuerpo escondido dentro de una alfombra.
—¡Qué horror! —exclama Alicia—, ¿y...?
—Y luego metió el paquete en la camioneta.

¿Y además, sabes qué? Cada viernes hace lo mismo. Ya lo he visto varias veces.

Así que esta noche vamos a vigilarlo. ¿Vale?

—¡Vale! —dice Alicia—. Qué súper guay. Pareceremos detectives.

Esta noche, como todas las noches, la mamá de Pedro
lee un cuento. **Es in-ter-mi-na-ble.**
Así que Pedro y Alicia se hacen los dormidos.

Por fin, en cuanto se quedan solos en la habitación,
corren a asomarse a la ventana. Fuera sopla el viento
y bate una puerta. En la calle desierta deambula
una silueta y cruza el jardín del vecino.

Pedro cuchichea a la oreja de Alicia:
—Mira, ahora llamará al timbre,
el asesino le abrirá y luego...

—¿Y luego, qué?
—pregunta, temblorosa,
la niña.

Más tarde, los dos niños apoyan
la oreja contra la delgada pared.
—¡Escucha esos ruidos! —susurra Pedro—.
Es en casa del vecino.

—No oigo nada.
Sólo el gluglú de los peces en la pecera —responde Alicia.
—Que sí, ¡escucha!
—Ti-ti-ti-tienes razón —tartamudea Alicia—. Parecen golpes.
—¡Hemos de ir a ver qué pasa!
—¿Y si avisáramos a tus padres?
—¡Imposible! Están durmiendo y a unos padres, cuando están
durmiendo, no hay que despertarlos —responde Pedro
muy seguro de sí mismo.

63

—Voy contigo, pero con una condición:
nos llevamos una linterna.
Me da mucho miedo la oscuridad.

Pedro enciende su linterna de
explorador. Los dos niños se dirigen
a la escalera. De puntillas,
bajan en fila los peldaños
hasta que Alicia se detiene
de repente y dice con
sobresalto:

—¡Socorro, un monstruo!

—¡Calla, es tu sombra! —susurra Pedro—. ¡Fíjate! El niño mueve la linterna de un lado a otro. La sombra de Alicia baila sobre la pared.

—¡Qué mala idea!
—se queja Alicia, herida—.
Vamos deprisa al jardín.
Estoy segura de que no pasa nada.

65

En el exterior de la casa, Pedro y Alicia tiemblan.
Un viento frío atraviesa la fina tela de los pijamas.

—Ven —dice Pedro—, hay un agujero en el seto.

Ambos se introducen en el jardín del vecino
y se acercan a su ventana. Boquiabiertos y con
las piernas temblorosas, observan
el terrible espectáculo que se desarrolla
en una habitación en penumbra.
Un hombre, con una pala en la mano,
golpea una forma alargada tendida en el suelo.

—¡Es horrible! —murmura Alicia—. Hay que avisar a la policía.
¡Deprisa! ¡Huyamos!

Los niños echan a correr.
Tropiezan
y caen ruidosamente.

Inmediatamente, una luz se enciende en casa del vecino. Una silueta se acerca...

El hombre que se aproxima a Pedro y Alicia es un gigante.
—Pero ¿qué estáis haciendo aquí,
niños? —pregunta.
—Estooo, ¡nada! —responde Pedro.

—¡Cómo que nada!
Estáis en mi jardín.
—¿Necesitas ayuda? —pregunta una
voz justo detrás del hombre.
—Pero ¿no está usted muerto? —pregunta
Alicia al reconocer
la silueta del visitante.

—¿Muerto?
¡Qué ocurrencia!

El vecino, acuclillado delante de Pedro y Alicia, se rasca la cabeza:

—Vaya, vaya, tengo la impresión, niños, de que estáis jugando a los detectives.

—Sí... —balbucea Pedro algo incómodo—. Pero ¿a quién golpeaba?

—A una alfombra y también a un almohadón. Porque, mañana, mi amigo Bastián y yo vamos a venderlos al mercadillo.

Bastián viene a casa todos los viernes por la noche. Cargamos la camioneta y por la mañana nos vamos muy temprano.

El vecino ayuda a Pedro y a Alicia a levantarse y les propone:

—Y ahora, pequeños, puedo prepararos, si os apetece, un buen chocolate caliente. Venid a contarnos lo que os habíais imaginado. A Bastián y a mí nos encantan los cuentos.

Sobre todo los de miedo.

Mientras los dos hombres
entran en la casa,
Pedro y Alicia se detienen en el porche.
Pedro agarra a su amiga por el brazo y le dice:
—Quizá nos quieran envenenar
o dormir con el chocolate...

Alicia bosteza, se estira, se
encoge de hombros y responde:
—Yo ya me estoy durmiendo.
¿Sabes por qué?
—¡No!
—Porque tu historia,
Pedro, tu historia
es para dormirse de pie.
Y las historias que dan
sueño, ya se sabe:
¡son muy aburridas!

La hormiga y el asesino

Allá en lo alto, en las montañas,
inclinado, merodea un hombre, cuchillo
en mano. Parece un criminal, un ladrón
o un asesino; sin embargo, sólo recoge
tomillo y romero en un ramito.
Todo el mundo se equivoca,
dice la hormiga hacendosa,
y más, cuando se es tan diminuta.

Monstruos en la calle

Paseando por la calle,
sobre una pared,
los niños unas sombras ven.
¡Qué horror!
Huyamos sin dilación.
¡Huy, huy, huy!
Los monstruos nos seguirán,
nos pillarán, nos comerán.
¡Huyamos a escondernos!,
¡huyamos!, por el barrio
van gritando.

Hay cuatro objetos
que no deberían estar
en la cocina.

¿Cuáles?

Ayuda al vecino a preparar
el chocolate de los niños.

Pon las acciones
en el orden que
les corresponde.

a.

b.

c.

d.

e.

a.

b.

d.

c.

e.

f.

Alicia y Pedro beben el chocolate en unas tazas idénticas:

¿Las encuentras?

En este equipaje del perfecto detective,

elimina los objetos que sobran.

Respuestas:
• Las tazas de Pedro y Alicia son la b y la f.
• Sobran la pelota de tenis y el calcetín.

75

Marionetas en los dedos...

Material
- fieltros de colores • lápiz • tijeras
- cola blanca • rotulador negro
- pintura • pincel

1 Dibuja en los fieltros de colores las diferentes partes de los personajes: cuatro cabezas, el cabello, la ropa, las manos, las piernas y los rasgos de la cara.

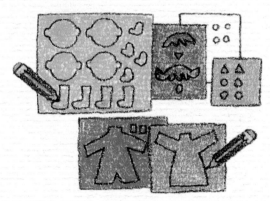

2 Recorta todos los elementos.

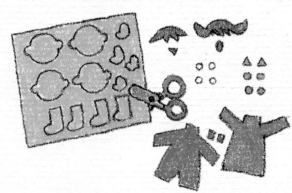

3 Pega en las caras de dos de las cuatro cabezas el cabello y todos los rasgos.

4 Pega el cuello de la ropa. Pega el pijama y el camisón por la parte posterior de la cabeza de Pedro y de Alicia. Ahora pega las manos y las piernas y después las dos cabezas sobrantes dejando un espacio por el que puedas introducir el dedo.

5 Dibuja las cejas y los ojos con el rotulador, y pinta luego los estampados de la ropa. Espera a que se sequen.

JULIETTE SAUMANDE

¡Qué pesadilla!

ILUSTRACIONES DE CLAIRE DE MOULOR

Baltasar es un sapo que se encuentra la mar de guapo.
Cuando en el charco se contempla, con frecuencia piensa:
«Si una princesa con un beso intenta
que yo en príncipe me convierta,
la muerdo, la araño y la envío al cuerno.
¡Me gusto tal cual,
y quiero quedarme igual!».

Esa mañana,
sin embargo,
no es una princesa
la que se acerca
a la charca.

Los pelos de erizo
por su cabeza asoman
(¡adornados con tenedores
a guisa de pasadores!),
vestida con telarañas,
y un pañuelo que le tapa
media cara:
no hay duda, es Kartofel, la bruja.

—¡Sálvese quien pueda! —grita
Baltasar.

Pero Kartofel es muy rápida.
Atrapa al sapo y lo mete en un saco.
Ahí dentro, todo está negro.
«¡Esto es una pesadilla, pronto se hará
de día!», piensa Baltasar.

Pero el mal sueño
acaba de empezar.

Cuando Kartofel llega a su casa,
entra directa en la cocina.
En unos frascos de vidrio metidas
hay serpientes de mar,
lombrices y ratas.
Los piojos corren
a su antojo. Y todo,
en ese lugar,
huele fatal.

La bruja deja a Baltasar encima de la mesa y lo sazona con sal, pimienta y veneno de cobra.

—¡Por piedad, señorita Kartofel! —grita el sapo—. ¡No me coma: soy muy mono, pero no estoy gordo!

—¿Comerte? ¡Ni la menor intención! Te cortaré en pedacitos y te añadiré a mi poción. ¡Gracias a ti, seré la bruja más rica de la nación!

«¡Qué pesadilla!», piensa Baltasar. Pero el mal sueño ya ha empezado.

Kartofel agarra
un cuchillo tan grande
como un elefante
y se acerca al sapo...
Pero, de repente,
se oye un grito atronador.
—¡Recórcholis! ¡El teléfono!
—ruge la bruja.
Deja el cuchillo
y abandona
la cocina.

82

Baltasar aprovecha la oportunidad:
observa atentamente la habitación.
Las puertas y ventanas
están cerradas con llave.
No importa.

«¡Ya que no puedo fugarme
al menos tendré que ocultarme!»

¡El horno!
La bruja no podrá encontrarme nunca ahí,
¡ni aunque se pase
cien días buscándome!

Ahí dentro se está caliente y se ve un resplandor.
Baltasar avanza dando brincos.
Mientras aumenta el calor,
se aviva el resplandor.
De repente, retumba una voz de ultratumba:
—¿Qué haces tú aquí? Todavía no he empezado la cocción,
¡vete con el resto de la poción!

¡Qué horror! En el fondo del horno, sentado sobre esqueletos
de roedor, echando llamas de color rojo, amarillo y marrón,
se ve a un enorme... ¡dragón!

Sin dudarlo ni un minuto, el sapo sale en un segundo.

¿Acabar horneado sin más?

¡Ni hablar!

¡Meditemos! ¡Ya sé, la nevera!
¡Ésta es la solución!
¡Dentro no encontraré al dragón!
¡Hop!, ¡hop!, ¡hop!
¡Qué nevera tan inmensa!
Pero cuando Baltasar quiere entrar,
¡descubre que ya hay alguien allá!
Un gigante, peludo como
un orangután y blanco, blanco
como los copos al nevar.
—¡Buenos días, amiguito! Soy el yeti.
Si te apetece algo de aquí,
has de pedirme permiso a mí.
Y el yeti sonríe con una boca tan
llena de dientes que Baltasar
se marcha en un periquete.
«¿Debo morir congelado
entre el yeti y un escarabajo helado?
¡Mejor busco otro lugar!»

Baltasar ve que la puerta
se abre...
    ¡Que vuelve Kartofel!
    Vamos, vamos,
    ¡a esconderse toca!

Nada a la derecha,
nada a la izquierda...
¡Nada de nada!
A menos que...
¡Hop! ¡Hop!
De un salto se oculta
en el cubo de la basura.

¡La bruja ha llegado y el sapo se ha marchado! Busca y rebusca por todas partes:
por los cajones, en el fondo de los armarios, en el horno, en la nevera
y hasta en la batidora. Baltasar se esconde lo mejor que puede
entre los desperdicios y la porquería.

Huele a pescado podrido
y a sopa de coliflor.

Por fin, Kartofel mira en el cubo de la basura. ¿Y qué ve?
Un monstruo con forma de sapo,
macarrones por la cara,
la boca llena de plumas de pavo
y todo el resto del cuerpo cubierto de babas.

La bruja lanza un espantoso alarido:
—¡Qué pesadilla!

Pero Kartofel no está dormida.
Sin añadir palabra,
va y se desmaya.

88

¡Baltasar aprovecha la oportunidad! ¡Hop! De la basura se aparta.
¡Hop!, ¡hop!, y hacia la puerta entreabierta salta.
¡Hop!, ¡hop!, ¡hop!, camino del estanque. ¡Uf!

Esa noche, cuando se mira
en el agua, con los macarrones,
las mancha y las plumas,
este sapo vanidoso
¡todavía se encuentra
más hermoso!

La canción de la bruja

Me gustan las patatas.
¿Sabéis cómo?
Con unas rebanadas
de tomo y lomo.

Me gusta tomar una ducha
¿Sabéis cuándo?
Cuando se bañan las pulgas
y nadan los renacuajos.

Me gusta dormir en casa de una amiga.
¿Sabéis de quién se trata?
Es el hada mala
que aparece en tus pesadillas.

Me gusta ser bruja,
¿Sabéis la razón?
Pues porque me gusta
cantar esta canción.

La princesa y el sapo

Sapo, mi querido sapo,
¿te convertirás con un beso
en mi príncipe encantado?

¡Seré un príncipe gordo y feo,
y te tiraré de los pelos!

Sapo, mi dulce sapo
¿serás mi amigo
si te doy un abrazo?

¡Seré peor que un ogro
y te arrojaré a los lobos!

Sapo, malvado sapo,
¿te convertirás en mi comida
cuando te reboce con harina?

Tendrás retortijones,
como si hubieras comido mil ratones.
Pero tranquila, que a mí no me pillas.

Algunos de estos
animales no existen.

¿Cuáles?

Baltasar da unos pequeños
brincos para cruzar la cocina.

¿Cuál es el camino
más corto?

En el interior de uno de los tarros de Kartofel se esconde una serpiente.

¿La ves?

¿Recuerdas dónde se esconde Baltasar en la cocina?

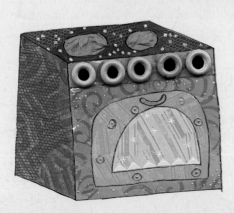

Los tesoros de Baltasar

Material

- cajita de madera • pintura • pincel
- cola con purpurina • cola blanca • lentejuelas
- lápiz • tijeras • cartón • pasta de
endurecimiento instantáneo (véase p. 187)

3 Con la pasta, esculpe el cuerpo del sapo, la boca, las patas y los ojos. Pega cada elemento al cuerpo. Inserta la lengua y los brazos encolados en la boca y el cuerpo de Baltasar. Espera a que se seque.

1 Pinta la caja y espera a que se seque.

4 Pinta el sapo. Espera a que se seque.

2 Decora la caja con cola de purpurina y pega las lentejuelas. Dibuja la lengua y los brazos en el cartón y después recórtalos.

5 Pega el sapo sobre la tapa de la caja. Espera a que se seque.

CLAUDINE AUBRUN

Gu-Gu y el zorro hambriento

ILUSTRACIONES DE CHRISTOPHE BONCENS

Imposible dormir en el gallinero.

Gu-gu, el pollito, tiene demasiado calor. Apelotonado junto a su madre y sus seis hermanos y hermanas, se está asando.

¡Hop! Se apoya sobre sus patitas y abandona el calor del nido.

Hay luna llena.

El viento sopla entre las hojas del tilo.

Una, dos, tres, cuatro, cien, mil.
Gu-gu está contando las estrellas,
cuando unas ramas crujen cerca de él.

Escucha atento.

Unos pasos. Su corazón late con fuerza, con mucha fuerza.
Gu-gu mantiene la respiración para prestar mayor atención.
De repente, delante de él, se alza una silueta inmensa.

Con las fauces abiertas de par en par, el zorro se inclina sobre el pollito y le susurra a la oreja:

—¡Hola, Gu-gu! Vengo a buscaros a ti y a tus hermanitos y hermanitas.

Al zorro el aliento le huele a dientes podridos y le cae la baba entre los colmillos.

Gu-gu retrocede tres pasos.
Con voz temblorosa, pregunta:
—Peroooo ¿para quéeeeeeee?
—He pensado organizar un banquete para seducir a una amiga.
¿Sabías que servir pollitos de aperitivo
es el último grito? Así que dime dónde está tu familia,
¡y rapidito! O te doy un bocado ahora mismo.

Gu-gu tiembla de la cabeza a las patas.
Tanto que parece la imagen de una foto movida.
Nota cómo las plumas de las alas se le erizan.
¡Qué horror!
Servir de tentempié
para la amiguita del zorro...

Pese al miedo, el pollito busca una solución deprisa y corriendo.

Tras carraspear una y varias veces, dice:
—¿Y por qué no preparas un plato de verduras
de todas las formas y colores?
Bien presentado resulta un manjar muy elegante y, además, es sano.
¡Sobre todo las zanahorias!

101

El zorro agarra a Gu-gu por el cuello y grita:
—¡Tú estás chiflado! ¿Has visto alguna vez a un zorro
comiendo puerros o nabos?
En las madrigueras sólo comemos carne fresca.
¡Y de primera categoría!

Así que quiero unos cuantos pollitos de aperitivo.
Con una buena media docena ya me basta.

Gu-gu se ahoga. Las garras del zorro lo van sofocando.
El pollito ya casi no puede respirar. Y, sin embargo, suelta:
—¿Y si probaras con lombrices?
Es lo que comemos nosotros. ¡Están deliciosas!

—¡Lombrices!
¡Comer lombrices! ¡Los zorros!
¡Tú estás chalado!

Pero ¿dónde has visto
tú semejante cosa?

El zorro aprieta todavía más fuerte el cuello del pollito.

¡Ay!
Gu-gu querría
pedir socorro.
Pero ¡ni siquiera puede gritar!

El zorro resopla con todas sus fuerzas sobre el pollito.
Gu-gu cierra los ojos y piensa en sus hermanos
y hermanas dormidos. ¡En fin!

Cuando el zorro ha terminado de resoplar, Gu-gu recupera el aliento y sugiere:
—¿Y por qué no llevas a tu amiga a la orilla del lago? Es bonito.
Sobre todo a la luz de la luna. Además, está lleno de perdices.
Seguro que las pequeñas están exquisitas.
—¡Ya basta! —grita el zorro—.
Quiero pollitos y nada más.
¿Entendido?

Esta vez, va la vencida, Gu-gu está seguro. ¡Es el fin! El zorro se yergue sobre sus patas traseras frente al pollito. Se inclina hacia él, abre bien la boca, que está toda torcida, y ya empieza a caérsele la baba entre los dientes cuando... Gu-gu agarra un trozo de espejo que está tirado por el suelo y lo alza frente al zorro. Éste se ve. Retrocede. Se mueve hacia la derecha, hacia la izquierda y, al reconocerse, grita asustado ante su imagen.

Contempla su dentadura podrida, los ojos caídos y las orejas torcidas.
—Pero ¡si soy más feo que Picio! —acaba diciendo—. Nunca conquistaré a mi amiga.
Gu-gu asiente con la cabeza.

El zorro se mira una última vez,
horrorizado, y huye hacia su madriguera.
Y nunca más se le ha vuelto a ver.

Pollito listo

Gu-gu es un pollito listo.
Recogiendo grano se pasa
de la noche a la mañana.
¡Menuda ganga!
Pío, pío, pío, pía el pollito.
Este invierno no me quedaré
con apetito.

Gu-gu es un pollito sagaz
todo el día se esfuerza
en recoger su cosecha
y almacenar una buena reserva.
Pío, pío, pío, pía el muy perspicaz,
este invierno comeré todo cuanto sea capaz.

En el mullido nido

Apretado contra su madre, bien protegido,
duerme el pollito.
Soñando está
con un tesoro singular,
mientras que, dulcemente,
le canta su mamá:
«Duerme, duerme, tesoro mío,
Que fuera hace frío».

¿Sabes a qué animales pertenecen estas sombras?

1.

2.

3.

4.

5.

Gu-gu cuenta las estrellas.

¿Y tú, cuántas ves?

Respuestas:
• 1: gato; 2: conejo; 3: pollito; 4: rana; 5 zorro.
• Hay 19 estrellas.

¿Cuántas diferencias
ves entre el zorro
y su imagen en el espejo?

Cuéntalas rápido,
antes de que se
marche el zorro.

¿Cuáles de estos
animales
ponen huevos?

Respuestas:
• Hay 5 diferencias
(oreja, ceja, colmillo,
morro, hombro).
• El avestruz, la tortuga
y la gallina.

111

Monedas para Gu-gu

Material

- cuenco • papel transparente • papel de periódico
- cola para papel pintado • recipiente para poner la cola y el papel • unas tijeras de punta roma y otras con punta • bola de poliestireno de 5 cm de diámetro • cartón • cola blanca • rotulador negro • tapadera de un tarro pequeño • pintura • pincel

(véase Papel maché en la p. 187)

1 Recubre el cuenco con el papel transparente. Rompe en trozos el papel de periódico y prepara la cola para papel pintado.

2 Pon a remojar en el recipiente los trozos de papel en la cola. Cubre el cuenco con cuatro o cinco capas de papel encolado. Espera a que se seque, y luego separa la cáscara de papel del cuenco. Con ayuda de un adulto, corta una ranura.

3 Cubre la bola de poliestireno con papel encolado. Dibuja en el cartón un pico, unas alas, una cola, unas plumas, ojos y patas. Dibuja a continuación una base siguiendo el contorno de la tapadera. Recorta todos los elementos y recúbrelos con papel encolado. Espera a que se sequen.

4 Pide a un adulto que haga un agujero en la base del tamaño de la tapadera. Pega la base y todos los miembros al cuerpo y a la cabeza de Gu-gu. Espera a que se sequen.

5 Pinta el pollito y la tapadera. Espera a que se seque. Ajusta la tapadera a la base. Dibuja los ojos y las cejas con el rotulador.

ANNE-SOPHIE DE MONSABERT

Jacob bajo el gorro

ILUSTRACIONES DE NOUCHCA

A salvo en un murete,
al fondo del patio del recreo,
solo y alejado de la rayuela
y las canicas, pensaba en la terrible
mañana que acababa de pasar
en su primer día de clase
y se ponía a temblar
al recordarla.

En primer lugar, cuando iba camino
de la escuela, un perro inmenso,
tan grande como tres coches juntos,
le lanzó unos furiosos ladridos
cuando cruzaba el parque...
¡Qué miedo había pasado! Las piernas le habían temblado
y casi había tropezado con el bordillo al querer acelerar el paso.

Después, al llegar a la escuela, una señora con voz
de bruja le había gritado al oído que era su maestra
y que estaba contenta de darle la bienvenida
a la clase de los Lobeznos.
¡Qué miedo había pasado!

En los oídos todavía retumbaban
y se escuchaban esos fuertes alaridos.

Por último, en la clase, una muchedumbre alborotada lo había rodeado
y arrastrado en medio de una danza salvaje al tiempo
que entonaban una canción de guerra.
¡Qué miedo había pasado!
El corro giraba tan deprisa que, todavía ahora,
a Jacob la cabeza le daba vueltas.

Se sacó del bolsillo
un gorro con una borla y se lo enfundó
con precipitación en la cabeza: primero
hasta los ojos,
al final, con un gesto brusco,
para no tener más miedo, hasta más abajo
de la nariz, hasta la barbilla.
Como no podía ver nada...
tampoco nadie lo vería a él.

—¿Qué va a ser de mí? ¿Qué va a ser de mí? —se preguntaba lleno de ansiedad. ¿Cómo enfrentarse a todos esos enemigos que le rodeaban desde el comienzo de la mañana?

Sin pensarlo, Jacob agarró una ramita
del seto que estaba junto al murete... de repente oyó:
—¡Noooo, por favor!
¡No me arranques con esos dedos tan gordos!

¡Era una de las hojas de la rama!
Resulta que con el gorro calado hasta la barbilla
Jacob era capaz de oír
y comprender el lenguaje de las plantas.
Y la hoja parecía estar muy angustiada...

Sin embargo, cuando el niño se miraba los dedos
y la mano, sólo veía una manita
con un pulgar que le encantaba chupar al ir a dormir.
¿Cómo podía tenerle miedo una hoja?
Se subió un poco el gorro y soltó la rama.

Ya estaba a punto de saltar del murete... cuando oyó:
—¡Nooo, por favor!
¡No me aplastes con esos pies de gigante!

Era un caracol que se encontraba ¡justo en el lugar donde iba a saltar! Resulta que con el gorro calado hasta la nariz Jacob era capaz de oír y comprender el lenguaje de los animales.
Y el caracol parecía estar muy asustado...

Sin embargo, Jacob observaba sus pies y no los veía realmente
como pies de gigante, sino más bien
como los de un niño que acaba de empezar la escuela.
¿Cómo podía tenerles miedo el caracol?

Se subió un poco el gorro y dio un gran salto
bien lejos del animalito y su concha.

Se agachó para subirse los calcetines... cuando escuchó:

—¡Nooo, por favor! ¡No me muerdas con tus grandes colmillos de lobo!

¡Era un caramelo cuidadosamente envuelto que había dejado allí olvidado un niño!

Resulta que con el gorro calado hasta los ojos

Jacob era capaz de oír

y comprender el lenguaje de los caramelos.

Y el caramelo parecía estar muy aterrorizado...

124

Sin embargo, cuando Jacob
pensaba en sus dientes,
se acordaba sobre todo
de que acababa de caérsele uno
y de que el resto
estaban empezando a moverse
en serio.

Jacob se quitó el gorro del todo.
A la vez piedra minúscula y montaña gigante,
frágil susurro y malvado chillido, alumno asustado
y hombrecito aterrador: ahora se daba cuenta
de que cuando uno se siente pequeño todo le inquieta.

Jacob lanzó su gorro al aire. Ya no lo necesitaba,
pues ya no sentía miedo. Estaba preparado para mirar
a los demás de frente y preguntarles:
—¿Puedo jugar con vosotros?

125

Uno, dos, tres...

Y uno, dos y tres...
El pequeño Jacob ha llegado.

—¡No me arranques, no me arranques!
—grita la hojita en su mano.

—¡No me pises, no me pises!
—grita el caracol desde abajo.

—¡Con cuidado, con cuidado!
—grita el caramelo entre sus labios.

Y tres, dos y uno...

Sin gorro

¿Dónde has puesto tu sombrero?
¡Lo llevo en el dedo!

¿Dónde has puesto tu pamela?
¡La llevo en la cabeza!

¿Dónde has puesto tu casco?
¡Lo llevo en la mano!

¿Dónde has puesto tu diadema?
¡La llevo en la oreja!

Pero el gorro me he quitado...
¡Y a jugar ya me he marchado!

Théo   Léa   Léni   Zoé

Los niños
han intercambiado
las bufandas
y los guantes.

Según el gorro que llevan,
**devuelve a cada
uno lo que
le pertenece.**

**¿Sabes
el nombre
de estos
sombreros
un tanto
especiales?**

El caracol, asustado, quiere trepar a lo alto del murete.

¿Puedes guiarle?

1.   2.   3.

Jacob encuentra un caramelo.

¿Sabes cómo se llaman el resto de golosinas?

Respuestas:
• El camino correcto es el 2.
• De izquierda a derecha: chicle, caramelos, regaliz, piruleta.

Tablón de anuncios Jacob

Material

- cartón • regla • tijeras • papel de seda de color claro • cartulina • pintura • pincel
- cola • tizas • rotulador negro • perforadora
- 1,15 m de cinta • pinzas de colgar la ropa.

1 Con ayuda de un adulto, recorta un rectángulo de cartón de 22 x 28 cm y otro de papel de seda de 25 x 31 cm.

2 Encola el cartón y coloca el papel encima. Pega las solapas por el dorso. Espera a que se seque.

3 En la cartulina, dibuja a Jacob, la gorra y los elementos del decorado (árboles, mariposa, etc.). Puedes ayudarte calcando motivos del cuento. Pinta tus dibujos. Espera a que se sequen. Recórtalos.

4 Pinta el fondo del cuadro. Espera a que se seque. Pega encima tus recortes, excepto el gorro. Añade unos detalles con el rotulador y la tiza.

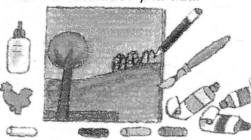

5 Haz dos agujeros a cada lado del cuadro y dos agujeros en lo alto. Corta dos cintas de 50 cm. Introdúcelas por los agujeros laterales. Anúdalas detrás del cuadro. Pasa el resto de la cinta por los demás agujeros, y anúdala.

6 Recorta cuadraditos de papel y píntalos. Pégalos a los lados para ocultar los agujeros. Pon las pinzas en la cinta, y cuelga el gorro de modo que quede sobre la cabeza de Jacob.

CLOBULLE

El monstruo Vetdo

ILUSTRACIONES DE GUILLAUME REDOIS

En las profundidades del bosque de los Misterios habita el monstruo
Veotodo... Lo llaman así porque lo ve todo. Lógico: tiene ojos por toda
la cabeza. Pero ¡esto no es todo! El monstruo Veotodo tiene seis brazos
en forma de mazo. Más vale no cruzarse en su camino.
El monstruo Veotodo se lo come todo. Pero lo que le gusta más de todo
son los niños bien regordetes y fondones. Los atrapa
en el camino de la escuela y cric, crac, croc...
¡se los zampa!

En el pueblo vecino reina el terror.
El farmacéutico advierte a sus cuatro hijos:
—No os entretengáis por el camino o el monstruo Veotodo
se os llevará y os comerá.

Sus tres hijas pequeñas, a las que llama las Tripletas
porque se parecen como tres gotitas de agua,
tiemblan como hojas. Lucien, su hermano mayor,
está demasiado entretenido haciendo unas muecas
en el espejo ¡que dan miedo!

Una mañana, los niños se marchan a la escuela. Las Tripletas caminan delante y Lucien las sigue bastante atrás.
Levantando la nariz, intenta apuntar a un pájaro con su tirachinas.
—Lucien, ¡date prisa! —gritan las Tripletas.
Pero Lucien no oye nada y pronto se encuentra solo en el camino. ¿Solo? ¡No! Pues, de repente, el monstruo Veotodo aparece y se lanza sobre él. Hop, lo mete en un saco y se lo lleva al lugar más recóndito del bosque.
¡Ya puede gritar Lucien, sus hermanitas están muy lejos!

Una vez que ha llegado a su gruta, el monstruo Veotodo piensa comerse a Lucien de un solo bocado.

Pero Lucien es un chico listo:
—Monstruo Veotodo, a ti que te gustan los niños bien regordetes y fondones, engórdame, ¡yo no estoy lo bastante lleno!
—Eso sí es verdad, ¡estás demasiado flaquito! —conviene el monstruo. Y añade—:
Pero mientras tanto no te creas, muchacho, ¡que vas a escaparte!
Y encierra a Lucien en una jaula a la entrada de la gruta.

Lucien está aterrado, pero no tiene la menor intención de dejarse comer.
Sigilosamente, saca el tirachinas del bolsillo.
Desliza una mano fuera de la jaula para coger una piedra.

Pero ya sabéis:
El monstruo Veotodo, ¡lo ve todo!
—¡Por los mazos de mis brazos!
—grita—, ¡como vuelva a
pillarte, muchacho,
te como mañana!

El pueblo está alterado.
Lucien no ha regresado para la cena. ¡El monstruo Veotodo lo ha atrapado!
Los hombres se reúnen en casa del farmacéutico.
Los seis más audaces del pueblo deciden ir a buscarlo.
Escondidas tras de la puerta, las Tripletas querrían ayudarlos.
Su padre, sin embargo, les dice enfadado:
—¡Id a la cama, niñas!

137

Mientras, el monstruo Veotodo va cebando a su prisionero para comérselo bien regordete y fondón.
Obliga a Lucien a comer arañas tostadas y babosas resecas. ¡Lucien añora hasta la sopa de su papá farmacéutico!

Cuando es noche cerrada, seis sombras se aproximan sigilosamente a la jaula de Lucien.

Son los audaces del pueblo.
Apostado en la entrada de la gruta, el monstruo Veotodo ya puede roncar... pero sólo duerme con un ojo. De repente se levanta. **Pam, pam, pam, pam, pam y repam**, propina un gran mazazo a los audaces que salen huyendo como conejos asustados.

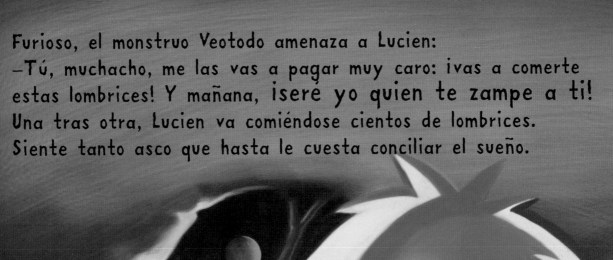

Furioso, el monstruo Veotodo amenaza a Lucien:

—Tú, muchacho, me las vas a pagar muy caro: ¡vas a comerte estas lombrices! Y mañana, ¡seré yo quien te zampe a ti!

Una tras otra, Lucien va comiéndose cientos de lombrices.

Siente tanto asco que hasta le cuesta conciliar el sueño.

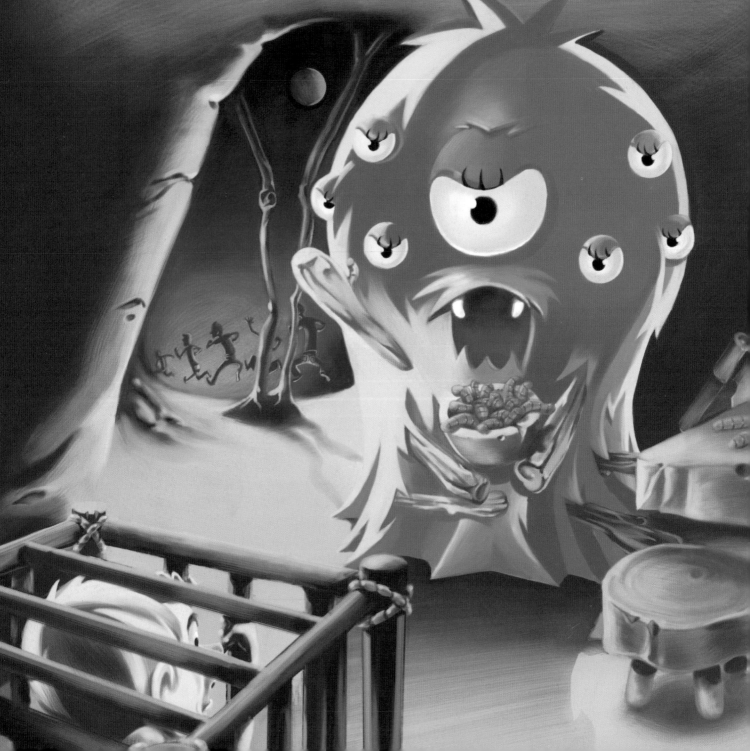

Al día siguiente por la mañana, las Tripletas dejan el camino que lleva a la escuela. Han decidido rescatar a su hermano mayor.

Cuando llegan al lugar más recóndito del bosque de los Misterios, el monstruo Veotodo está sentado a la mesa, ¡listo para comerse a Lucien!

Con la misma voz aguda, las Tripletas
llaman al monstruo Veotodo:
—Monstruo Veotodo, ¿me ves?

El monstruo Veotodo no comprende nada de nada.
¡Cree que está viendo tres veces a la misma niña! Se frota los ojos.
Pero, ay, ay, ay, se da un buen golpe con los mazos.
Lucien saca su tirachinas y pim, pam, pum, le lanza una retahíla
de piedras en plena cabezota. Las Tripletas, por su parte,
le echan arena a los ojos. En cuanto el monstruo intenta protegerse,
se golpea con los mazos. ¡Gong! ¡Resuena su cráneo como una cacerola!

No cree lo que ven sus ojos: ¡ahora contempla a seis niñitas iguales y dos muchachos idénticos! Persigue corriendo a Lucien, pero se da un golpe en la cabeza contra un gran castaño. Ahora cree estar viendo treinta y seis velas, vacila, se tambalea y cae al suelo. Ya no es el terrible monstruo Veotodo, sino el monstruo Veodoble, ¡un monstruo que no vale nada! Furioso, se golpea la cabeza mientras grita:
—¡Ya os atraparé, niños!

Pero los niños están muy lejos.

143

Un monstruo, ¡y eso es todo!

En la profundidad del bosque,
donde no llegan los hombres,
se esconde el monstruo Veotodo,
que de simpático tiene muy poco.
Con la cabeza llena de ojos,
no necesita anteojos.
¡Lo ve todo, lo sabe todo!
Es un monstruo, ¡y eso es todo!
Tiene por brazos mazos
y cara de ser muy malo.
Lo ve todo, lo rompe todo,
es un monstruo, ¡y eso es todo!

Delicias de monstruo

Tres niñitas con vainilla,
un muchacho con pistacho,
y un chorrito de mandarina
¡qué sabor tan delicado!
Una niña con guindilla,
tres muchachos con gazpacho,
espolvoreados con harina
¡qué plato tan bien preparado!
Señores monstruos, ya pueden ustedes correr,
los niños no sólo son audaces
sino también muy sagaces,
y nunca los lograrán coger.

¿Qué diferencias ves entre las Tripletas del farmacéutico?

El monstruo Veotodo ha preparado un festín para Lucien.

¿Cuántas arañas asadas, babosas secas y lombrices ves?

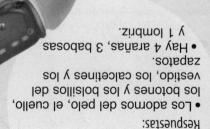

El monstruo Veotodo
se esconde en el bosque
de los Misterios.

¿Lo ves tú?

Forma
parejas.

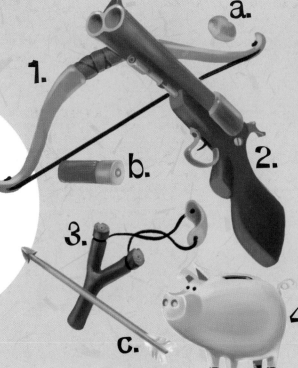

1.

a.

b.

2.

3.

4.

c.

Respuestas:
• Está escondido en el fondo,
a la derecha, tras un arbusto
y junto a un tronco hueco.
• 1c: el arco y la flecha;
2b: el fusil y la bala;
3a: el tirachinas y la piedra;
4 la hucha es un intruso.

147

¿Tienes ojo?

Material

- unas tijeras de punta roma y otras con punta
- lápiz • cartón • regla • cola blanca
- cinta adhesiva • 3 bolas de poliuretano • cúter
- 1 hilo negro de escubidú • pintura • pincel
- 6 ramitas • pelotas de ping-pong (véanse los patrones de la p. 190).

la punta de las tijeras. Corta en trocitos el hilo de escubidú. Encola el extremo de cada trozo. Pégalos en los agujeritos para formar las pestañas y pega tres en el párpado de cartón del gran ojo. Espera a que se sequen.

1 Fotocopia los patrones de Veotodo y recórtalos. Colócalos sobre el cartón y traza el contorno. Dibuja en el cartón 2 rectángulos de 25 x 9 cm. Con ayuda de un adulto, recorta estas formas y vacía el gran ojo.

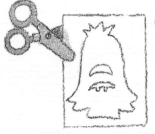 

4 Pega los ojos al monstruo. Agujerea ligeramente el cartón con las ramitas o con un lápiz, después hunde los trozos de madera encolados. Pega el párpado de cartón al gran ojo y pega la boca.

2 Pega los rectángulos en la espalda del monstruo. Sujétalos bien con la cinta adhesiva.

5 Pinta el monstruo y las pelotas de ping-pong. Espera a que se sequen.

3 Con ayuda de un adulto, corta en dos las bolas de poliuretano. Haz, en cada mitad, tres agujeros con

STÉPHANIE TESSON

¿crecer?

ILUSTRACIONES DE SANDRA POIROT CHERIF

—Oye, mamá, ¿crecer hace daño?

—¡Qué va, Clémentine, qué cosas se te ocurren!

Clémentine se mira los pies, tan pequeños en los zapatos,
y luego mira los pies de su madre, que son pies de gigante.

¿Cómo crecen los pies? Y las piernas, los brazos... ¿Y los ojos?

—Papá, ¿los ojos también crecen?

—Sí, Clémentine, ¡y cuanto más crecen, más grande ves el mundo!

El mundo ya es lo suficientemente grande así...

150

Clémentine se imagina un mundo inmenso en el que los techos de las casas
llegan al cielo, en el que la escuela sólo es un puntito en el horizonte,
en el que hay que utilizar prismáticos para ver al vecino...
¡Sólo de pensarlo, siente un escalofrío!
¡Brrrrr!

A Clémentine le da miedo crecer. ¡Tal como lo oyes!
Porque cuando se es mayor,
ya no puedes hacer tonterías.
Hay que comportarse siempre bien.
Hay que saberlo todo de memoria.
Hay que vestirse solo.
Hay que aprender a conducir.
Hay que tener niños.
No tienes tiempo libre...
y además, un día, ¡hay que morirse!

Sin duda alguna, ¡es mejor ser pequeño toda la vida!

Entonces Clémentine decide no crecer nunca.
¡Stop!
Esconde todos los relojes y también los despertadores...
Detiene el tiempo.

Una mañana, cuando se está poniendo el pantalón, ¡crac!, lo rompe.

—Es demasiado pequeño —dice su mamá.

—No —protesta Clémentine—. ¡No lo tires, todavía me lo puedo poner!

Y, a fuerza de retorcerse, entra en el pantalón como un caracol en una concha demasiado estrecha.

En la escuela, Clémentine se tapa los oídos para no aprender. Quiere seguir siendo pequeña. Pequeña como su hermano, Arthur, que no sabe que en África hace calor casi todo el año, que ni siquiera sabe que África existe, y seguramente piensa que la leche sale del grifo.

Por la noche, Clémentine se niega a comer la sopa,
pues tiene miedo de crecer demasiado rápido durante la noche.
Así que se mete en la cama con la barriga vacía
y los ojos llenos de lágrimas.

Su habitación está muy oscura.

A Clémentine le gusta la oscuridad ya que así puede creerse que todavía es un bebé. Piensa en la época en que no sabía hablar.

En la época en que sólo soñaba.

¡Buaaa! ¡Buaaa! ¡Buaaa!

Vaya, Arthur está llorando.

Debe de tener hambre.
¡Buaaa! ¡Buaaa!
Nadie le da el biberón.

—¡Mamá! ¡Papá!
No responden, qué extraño.
Parece como si no estuvieran...

Clémentine aparta las sábanas.
Aquí pasa algo.
¡Buaaa! ¡Buaaa! ¡Buaaa!
No se ve nada.
Sale de la cama a tientas...
Se pone de puntillas
y alarga el brazo, arriba, más arriba...
Un poco más... ¡bravo!
La bombilla del techo se enciende.

Arthur llora desconsoladamente.
Clémentine abre la puerta
de la habitación de sus padres.

No hay nadie...
Pero la niña no tiene ningún
miedo.
De repente,
se siente mayor.
Clémentine se acerca
a la cuna,
toma a su hermanito
en brazos.
Hay que proteger
a los más pequeños...

159

¡Cric! ¡Crac! Se oye la llave en la cerradura.

Los padres de Clémentine han vuelto a casa.

—¿Cómo va todo, tesoro mío? La vecina ha tenido un problema y hemos tenido que salir para ayudarla. Tenía tanto miedo de dejarte sola, cariño mío.

—Pero mamá, en primer lugar, me acompaña Arthur. Además, ¡ya no soy tan pequeña!

Al día siguiente, en la escuela, Clémentine **abre bien** los ojos y los oídos.

Quiere **saberlo todo** para contárselo luego a Arthur.

Por la noche, durante la cena, se toma unos grandes platos de sopa.

—¿Tanta hambre tienes, Clémentine?
—No, pero tengo miedo.
—¿Miedo de qué?
—¡De no crecer lo suficientemente deprisa!

161

¡Socorro!

A mí, los cocodrilos
no me dan miedo ninguno
en cuanto veo uno
¡me piro en un suspiro!

A mí los tigres salvajes,
no me dan miedo ninguno.
¡Anda, por ahí va uno!
¡Es mejor que diga adiós!

Un volcán en erupción
no me da miedo ninguno.
En cuanto sacan humo,
¡cerrar los ojos es mi salvación!

Y a mí, las películas de miedo
me hacen reír.
Son los vampiros feos
¡quienes huyen de mí!

La única cosa en el planeta
que me causa cierto horror:
es la rubia muñeca
de mi hermana mayor.

Sólo tiene un ojo,
sólo tiene un brazo
y camina despacio
¡hacia donde estoy yo!

163

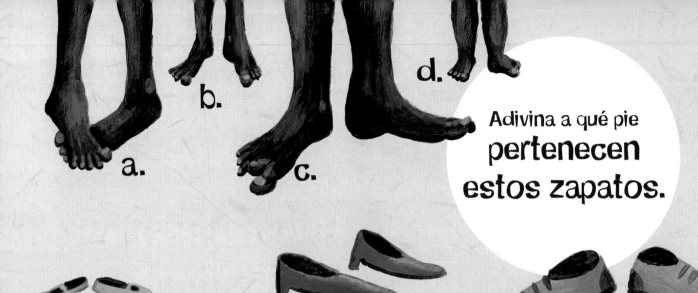

Adivina a qué pie pertenecen estos zapatos.

1.

2.

3.

4.

¿Sabes qué llave corresponde a cada cerradura?

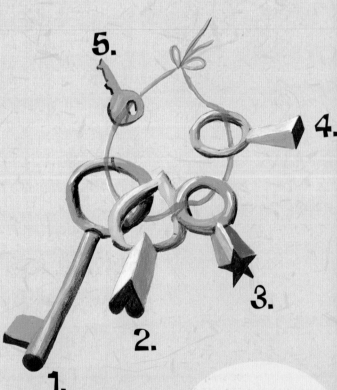

5.

4.

3.

2.

1.

a. b. c. d.

a.

b.

c.

d.

Clémentine ha crecido mucho. Ordena los retratos del más antiguo al más reciente.

Señala los objetos que permiten medir el tiempo.

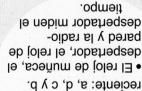

A mi medida...

Material

- 3 láminas grandes de papel grueso (formato A3) • cola blanca • lápiz
- cinta métrica • tijeras • pintura
- pincel • perforadora • cordel.

1 Pega las tres láminas apaisadas superponiéndolas 2 cm aproximadamente. Dibuja el contorno del cuerpo de Clémentine respetando las siguientes proporciones: 2 láminas para el cuerpo (80 cm) y 1 lámina para la cara.

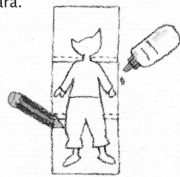

2 Recorta el personaje siguiendo la línea del contorno que has trazado.

3 Pinta a Clémentine entera. Espera a que se seque.

4 Pinta una tira a lo largo, desde los tobillos hasta el hombro de la niña. Espera a que se seque. Coloca la cinta métrica sobre la tira pintada y marca con el lápiz los centímetros, de 60 a 140. También puedes cortar y pegar una cinta métrica.

5 Haz dos agujeros en lo alto de la cabeza de Clémentine. Desliza un cordón y anúdalo. Cuelga tu propio medidor de altura a 60 cm del suelo.

140

130

120

110

100

90

80

70

60

JULIETTE SAUMANDE

ILUSTRACIONES DE CÉCILE HUDRISIER

De noche, todos los gatos son pardos

Karagadún no es un gato negro porque sí: trae mala suerte y todo el mundo lo sabe. Cuando enseña la punta del hocico, ¡más vale esconderse!
Si te encuentra, te mira fijamente a los ojos y grita:
—Dame un bombón, si no: ¡que mal rayo te parta!
Si le obedeces, estarás a salvo por el resto del día. Pero si le desobedeces, te caerás en la bañera de un gorrino o te devorará un oso gruñón.

Esta mañana, Karagadún ha encontrado
a una víctima y le ha pedido un caramelo.
Apenas le ha hincado el diente, pero,
¡qué horror!, ¡el caramelo sabe a pipí
de koala! Karagadún se siente extraño.
Su barriga ruge como un león y,
del bigote a la cola,
¡se pone amarillo limón!

«¡Esto sí que es una pena,
es el fin de mi carrera!
«¿Qué hacer?», piensa
Karagadún.

«¡Carambolas, ya lo sé!
Como todo el mundo sabe, de noche todos
los gatos son pardos. Es mejor ser negro,
pero por algo se empieza.»

Es de noche y todo está negro, salvo Karagadún: se diría que es realmente gris. No se oye nada, no hay nadie a quien fastidiar. ¿Nadie? Se aproxima una sombra más oscura que la noche.

El gato distingue un montón de tentáculos. ¿Qué es esta cosa?

Iluminado por un rayo de luna, Karagadún lo reconoce:
¡es el monstruo **Fulígula!** Tiene dientes de tiburón
y un bigote de pelo de conejo.
El vientre parece un acuario en el que se ven nadar a los gnomos.

A Karagadún ya no le apetecen las chucherías. Se mete en un rincón. Sólo es una mancha parda en la noche. Fulígula se aproxima. A Karagadún le tiembla todo el cuerpo.

—¡Qué guay, una almohadita!
Voy a descansar un rato —dice el monstruo.
Así que coloca la cabeza llena de pústulas sobre Karagadún.
El gato se pone azul de miedo. Nota que va a cambiar de color...

Pero Fulígula vuelve a erguirse.

—¡Snif! ¡Snif! ¿Qué hay por ach?
   ¡Una almohada de pelos de gatchum! ¡No soporto los gatchííííís! »

El monstruo coge al minino por la cola y lo lanza bien lejos por encima de los tejados.

Karagadún se ha quedado un poco tarumba y no es el momento de pensar en la comida. Ahora está tan azul que, sea o no de noche, sólo se lo ve a él.

—¡Oh!, ¡Qué hermoso color añil!

¿Quién habla?

Es un león grande como diez camiones.
Tiene unos colmillos enormes
y una melena verde manzana.
La cola totalmente roja
y, según como se coloca,
su pelaje cambia del malva
al calabaza.

—Buenas noches, minino. Soy el Gran Camaleón.
Tienes muy buen aspecto con un pelaje azul celeste.
Me falta este tono en mi colección.
Acércate aquí.

El Gran Camaleón propina un puñetazo a Karagadún.

El minino se ha quedado K.O.

Cuando se despierta, el león lo tiene agarrado por la cola.

Con una garra dura como una piedra,

¡pretende despojar al gato de su pelaje azul!

Karagadún se pone... verde de miedo.

—¡Vaya! —ruge el Gran Camaleón—. No me interesa para nada un pelaje de alcachofa. Tengo kilos de este color. ¡Fuera de mi vista, calabacín peludo! Y ¡puf! Con un potente coletazo, el león lanza por los aires al gato.

Aterriza sobre un banco. Y en el banco ya hay alguien sentado,
alguien con una gran capa, un gran sombrero y unas botas de piel de rata.
El desconocido rebusca bajo su capa. Karagadún se muere de miedo.
Sólo se oye castañetear sus dientes. ¿Quién será este monstruo? ¿Un ogro?
¿Un esqueleto? ¿Una momia? El desconocido se vuelve hacia el gato.
El gato verde siente que de nuevo va a cambiar de color:

¿marrón, violeta, caca de pato?

El desconocido se quita el sombrero: ¿Turquesa, blanca, rojo fosforescente?

—Buenos días, me llamo Iris —dice la desconocida.

Es la cosa más bonita
que Karagadún jamás haya visto.
Iris tiene dos ojos grandes y dos trenzas largas,
alas de hada y aire de princesa.
Karagadún está e-na-mo-ra-do, tan cierto como que 2 y 2 son 4.
Iris se inclina hacia él, pero el gato ya no tiene miedo. Le da un
beso junto a los bigotes. ¡Es más agradable que la barba de papá!
Karagadún se vuelve rosa de alegría.

178

Y a partir de esa noche,
Karagadún no es un gato rosa porque sí:

trae buena suerte

¡y todo el mundo lo sabe!

Un gato
para cada ocasión

¡Cuidado, un gato negro!
Si le molestas
te aguará la fiesta.

Te lanzará una maldición
y te transformarás en trol.

Sólo te dará problemas
y una momia de cabeza.

La suerte te fallará
y en la espalda dos jorobas
de camello te crecerán.

Las ovejas te gruñirán.
Tus pies en sacacorchos se convertirán;
las orejas, en pepinos;
la nariz, en salchichón;
tu panza, en calabazón.

¡Aaaah, si te cruzas con un gato rosa,
eso ya es otra cosa!

Con el camello, la momia y el trol
abrirás un zoo.

Subido sobre la oveja,
llegarás hasta Siberia.

Con los sacacorchos, los pepinos,
el salchichón y el calabazón.
prepararás un buen fiestón.

Y acuérdate,
por si acaso,
de invitar al gato.

Karagadún se ha transformado en un monstruo muy extraño. Ha tomado una parte del cuerpo de cada uno de los animales con los que se ha cruzado.

¿Reconoces qué animales son?

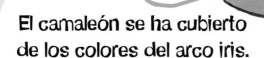

El camaleón se ha cubierto de los colores del arco iris.

¿Sabes cuáles son?

Respuestas:
• Orejas de conejo, melena de león, cabeza de camaleón, cuerpo de pez y cola de cerdo.
• De la cabeza a la cola: rojo, naranja, amarillo, verde, azul, añil y violeta.

Acertijos

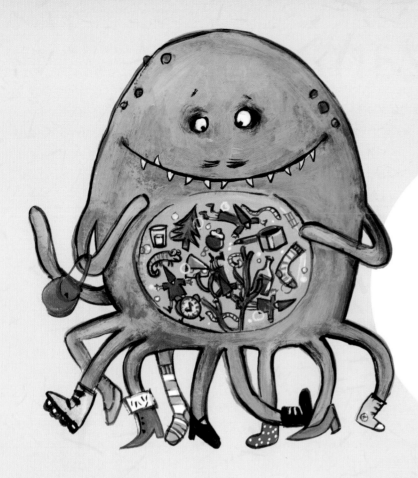

La barriga de Fulígula parece un acuario.

¿Cuántos gnomos ves?

Ordena estos animales de menor a mayor.

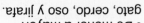

Respuestas:
• Hay 4 gnomos.
• De menor a mayor: gato, cerdo, oso y jirafa.

183

Pizarramiau

Material

- unas tijeras de punta roma y otras con punta
- cartón • lápiz • cola • pizarra • pintura • pincel
- regla • fieltro rojo • tizas
  (véanse patrones de la p. 191)

1 Fotocopia los patrones del gato (cabeza, patas, cola, pantalón) y recórtalos. Colócalos sobre el cartón y dibuja las siluetas. Con ayuda de un adulto, recorta todos estos elementos.

2 Pega la cabeza y el pantalón sobre un lado de la pizarra, después las patas y la cola al otro. Espera a que se sequen.

3 Píntalo todo. Espera a que se seque.

4 Con un lápiz, dibuja en el fieltro dos rectángulos de 10 x 7 cm. Recórtalos.

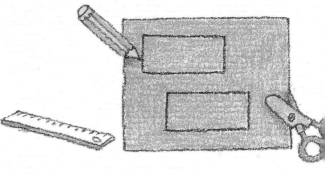

5 Encola los bordes de los rectángulos de fieltro. Pliégalos por la mitad, apretando bien los lados encolados, para formar unos bolsillos. Pega los bolsillos al pantalón. Espera a que se sequen. Coloca las tizas en los bolsillos.

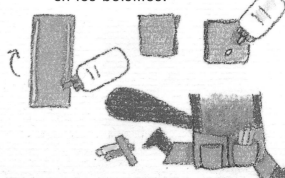

Sugerencias para realizar las actividades

El material

El material utilizado es variado y poco costoso. Se encuentra fácilmente en tiendas de artículos de manualidades, papelerías o grandes almacenes. También se pueden reciclar los materiales. Para hacer algunas de las actividades es necesario utilizar tijeras de punta o cúter. En tales casos, se requiere la presencia de un adulto.

Las colas

La mayoría de las manualidades se realizan con cola blanca vinílica. Es importante esperar a que la cola se seque bien antes de iniciar el paso siguiente.

La pintura

El empleo del gouache está especialmente indicado para niños. Sin embargo, en soportes como la pasta de sal o la pasta de endurecimiento instantáneo, la pintura acrílica se aplica con mayor facilidad y da mejores resultados.

Cómo copiar un patrón

1 Coloca el papel de calco sobre el modelo que vayas a reproducir. Puesto que el calco transparenta, sigue el contorno del patrón con un lápiz o rotulador fino.

2 Corta el papel de calco con tijeras de punta redonda poniendo especial atención en los detalles.

3 Coloca el recorte sobre el soporte elegido. Dibuja el contorno con un lápiz o un rotulador fino. Si es necesario, recorta el soporte siguiendo la línea.

En las ocasiones en que haya que ampliar en una fotocopiadora los patrones (pp. 188-191), no será necesario calcarlos, sino que los cortaremos directamente de la hoja fotocopiada.

Papel maché

Material

- cola para papel pintado
- cuenco • agua • papel de seda o papel de periódico • pintura • pincel

Un objeto cubierto con papel maché adquiere mayor solidez, una textura interesante y es más fácil de pintar.

1 Con ayuda de un adulto, prepara una pequeña cantidad de cola para papel pintado siguiendo las instrucciones de la caja.

2 Rompe el papel de seda o el de periódico en trozos de 1 o 2 cm por lado para un objeto pequeño y de varios centímetros para uno más grande. Sobre todo, no utilices papel de revista.

3 Sumerge en la cola, uno a uno, los trozos de papel.

4 Coloca los trozos de papel sobre el objeto que tengas que recubrir. Solápalos ligeramente. Si utilizas papel de periódico, aplica dos capas. Espera a que se sequen.

5 Pinta el objeto como desees. Si vas a pintar el papel de diario con colores claros, píntalo primero todo de blanco.

Pasta de endurecimiento instantáneo

Se modela igual que la plastilina, pero tiene la ventaja de que no hay que cocerla para que se endurezca.

Modelar

Bolas y bolitas

Coge una cantidad de pasta suficiente y hazla rodar entre tus manos.

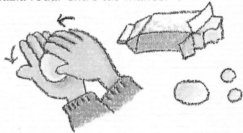

Canutillos. Haz rodar con las manos un trozo de pasta sobre la mesa.

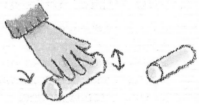

Juntar

Los elementos pueden unirse unos a otros con una gota de agua. Para garantizar su fijación, encólalos con la cola blanca antes de juntarlos. Antes de pintarlos, comprueba que la pasta esté dura.

Patrones

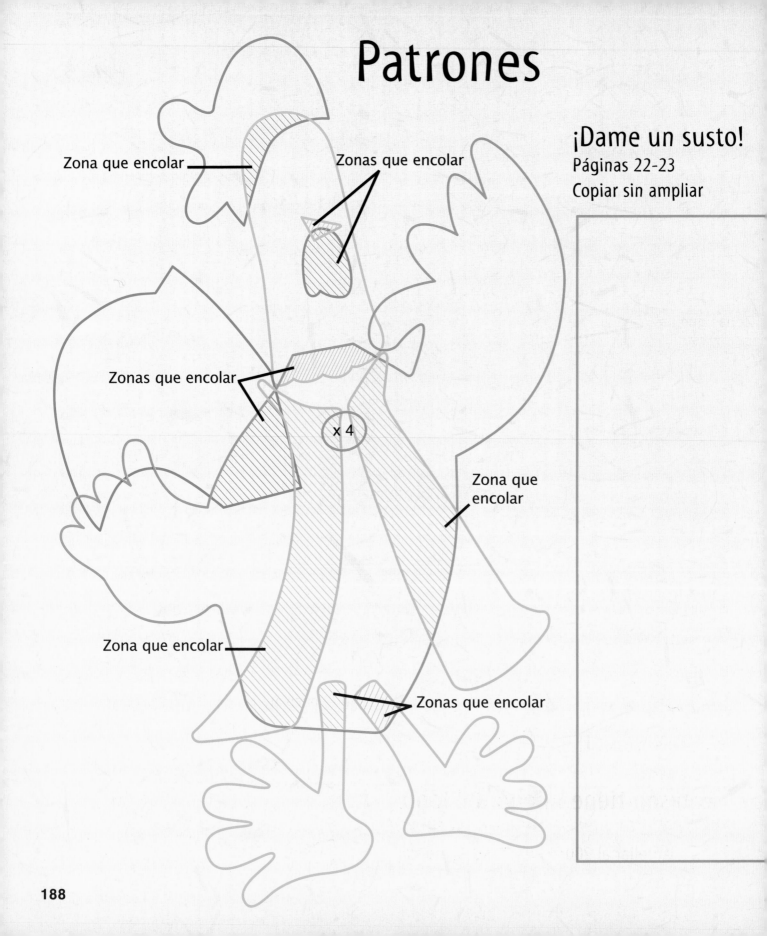

Zona que encolar

Zonas que encolar

¡Dame un susto!
Páginas 22-23
Copiar sin ampliar

Zonas que encolar

x 4

Zona que encolar

Zona que encolar

Zonas que encolar

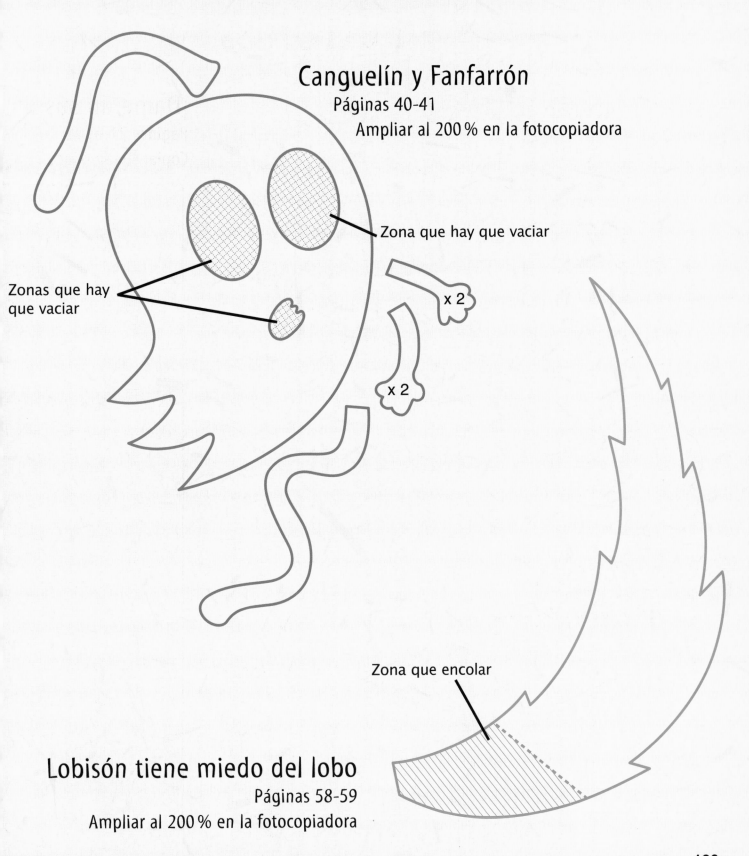

Canguelín y Fanfarrón

Páginas 40-41

Ampliar al 200 % en la fotocopiadora

Zona que hay que vaciar

Zonas que hay que vaciar

x 2

x 2

Zona que encolar

Lobisón tiene miedo del lobo

Páginas 58-59

Ampliar al 200 % en la fotocopiadora

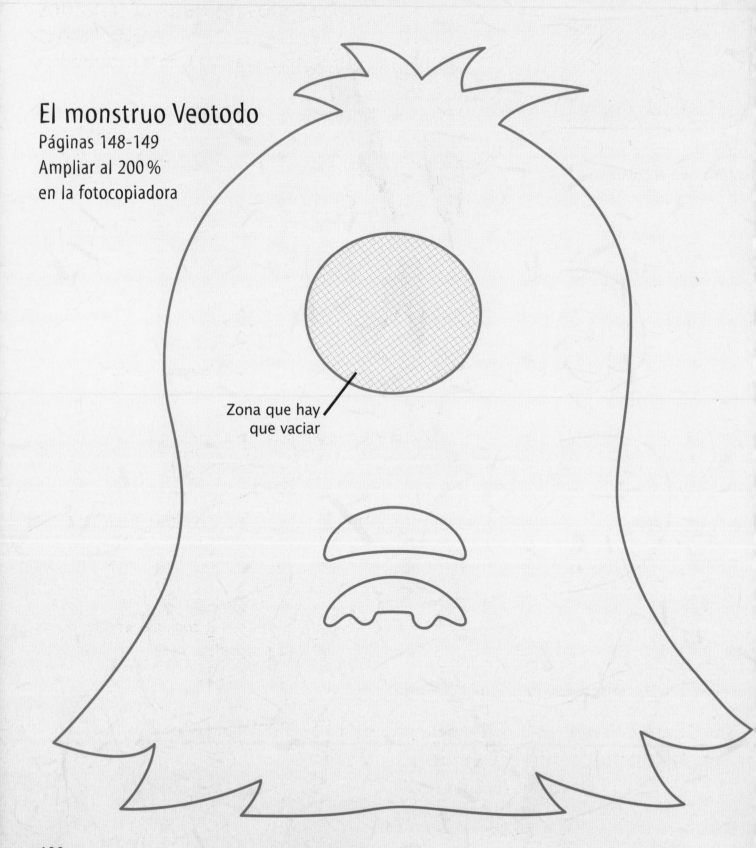

El monstruo Veotodo
Páginas 148-149
Ampliar al 200 %
en la fotocopiadora

Zona que hay
que vaciar

190

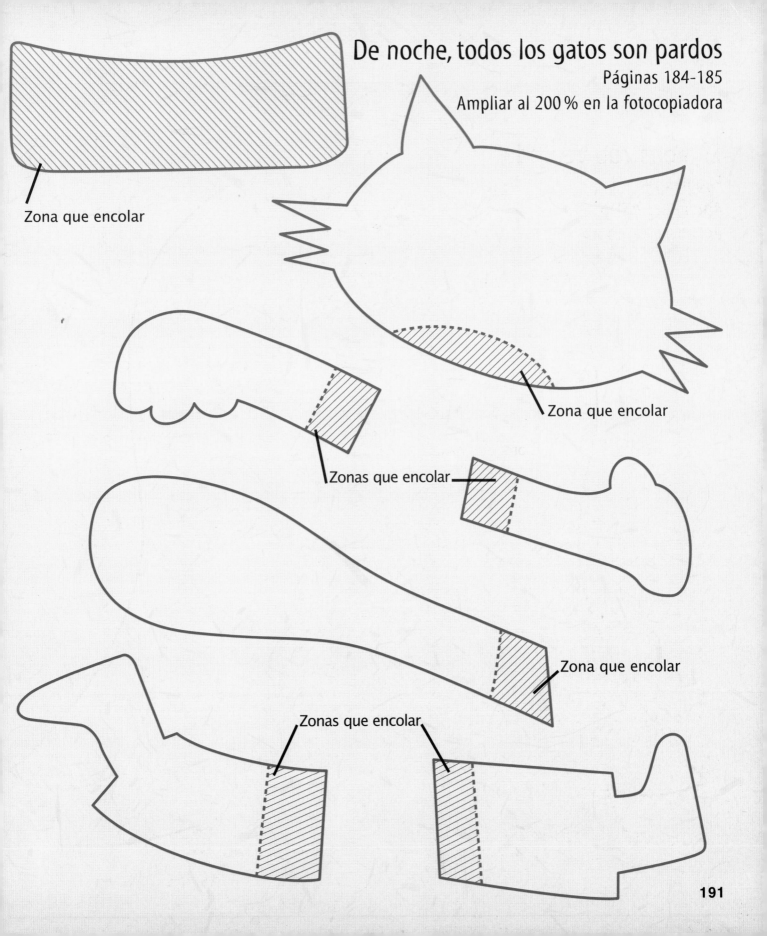

De noche, todos los gatos son pardos
Páginas 184-185
Ampliar al 200 % en la fotocopiadora

Zona que encolar

Zona que encolar

Zonas que encolar

Zona que encolar

Zonas que encolar

191

Título original: *Contes et +. Comptines, devinettes, activités.*
Même pas peur! 10 histoires de frissons

Primera edición: noviembre de 2009
© 2005 Groupe Fleurus, Paris
© 2009 Susana Andrés, de la traducción
© 2009 Libros del Atril S.L., de esta edición
    Av. Marquès de l'Argentera, 17, Pral.
    08003 Barcelona
    www.piruetaeditorial.com

Impreso por Brosmac, S.L.
ISBN: 978-84-92691-49-4
Depósito legal: M. 40.498-2009